Nutshell

Ian McEwan

憂鬱な10か月

イアン・マキューアン

村松潔 訳

CREST BOOKS
Shinchosha

ロウジーとソフィーへ

NUTSHELL

by

Ian McEwan

Japanese translation published by arrangement with
Ian McEwan (The Company) c/o Rogers, Coleridge and White Ltd.
through The English Agency (Japan) Ltd.

Illustration by Masaki Shiota
Design by Shinchosha Book Design Division

憂鬱な10か月

なあに、たとえ胡桃の殻に閉じこめられていても、わたしは自分を無限の空間の王者だと見なすことができるだろう。悪い夢を見ているのでないとすればだが……。

――『ハムレット』シェイクスピア

1

というわけで、わたしはここにいる、逆さまになって、ある女のなかにいる。じっと腕組みをして、待っている。待っている。自分がいるのはどんな女のなかなのだろう、何のためにこんなところにいるのだろうと思いながら。目をつぶると、あの懐かしい、半透明な遺体袋《ボディ・バッグ》のなかに漂っていたころのことが脳裏をよぎる。思考の泡のなかに夢見るように浮かんで、わたしだけの海のなか、ゆっくりと宙返りしながら、わが密室の透明な壁にやんわりと衝突したりしていたころのことが。その壁のかすかな震えを通じて、悪巧みをするふたりの話し声が、なかば掻き消されながらも、伝わってきたものだった。あれはまだ気楽な初期のころだった。いまや、わたしは完全に逆さになって、ほんの一インチのゆとりもなく、両膝は腹にギュッと押しつけられ、頭は完全にはまり込んで、しきりにいろんな考えが湧いてくる。微塵も選択の余地はなく、昼も夜も、耳は血の通《かよ》う壁に押しつけられている。わたしは聞き、記憶に刻みつけ、気を揉んでいる。恐ろしい企みの睦言を聞かされて、恐れおののいている。何がわたしを待ちかまえているのか、わたしは何に引きずり込まれようとしているのか。

わたしは無数の抽象概念のなかに浸かっている。どんどん増殖するその相互関係だけが、世界を知っているかのような錯覚をわたしに抱かせてくれる。〝青〟という言葉を聞くと、わたしはまだそれを見たことがないのだが、たぶん〝緑〟――わたしはこれも見たことがない――にかなり近い心的出来事なのだろうと推測する。わたしにはなんの罪もなく、忠誠や恩義という重荷を背負わされているわけでもない。生活空間は狭小であるにもかかわらず、わたしは自分を自由な精神だと見なしている。わたしに反論したりわたしを叱りつけたりする者はいないし、わたしには名前もなければ、以前の住所もなく、宗教もなければ、借金もなく、敵もいない。わたしの予定が書きこまれたダイアリーには――そんなものがあるとすればだが――いずれやってくる誕生の日が記されているだけだろう。わたしは、遺伝学者が近ごろ言っていることにもかかわらず、なにも書かれていない石盤《スレート》である、あるいは、だった。ただし、ぬるぬるした多孔質の石盤で、どんな教室にも、どこの小屋の屋根にも使えないだろうし、日ごと成長するにつれ、なにごとかが書きこまれ、しだいに白紙状態でなくなりつつある。自分に罪はないとは思うが、わたしはどうやらある陰謀に関わっているようだ。わたしの母が――絶えずゴボゴボやかましい音を立てている彼女の心臓に祝福あれ――片棒を担いでいるらしい。

らしい？　母が？　いや、片棒を担いでいるのだ。おまえが。実際、おまえが加担しているのだ。わたしは初めから知っていた。わたしに最初の観念をもたらしたあの創造の瞬間を呼び出させてほしい。ずっと以前、もう何週間も前に、わたしの神経溝が閉じて脊椎を形成し、何百万もの若い神経細胞《ニューロン》が蚕みたいに忙しく働いて、ひらひらする軸索を紡ぎ、わたしの最初の観念というきらびやかな黄金色の布を織り出したのだが、あまりにも単純な観念だったので、いまではよく思い出せない。それは〝わたし〟だったのだろうか？　それではあまりにも自己中心的すぎる。〝いま〟だったのだろうか？　それでは芝居がかりすぎる。では、その両者に先立つもの、その両者を含むもの、心の内部のため息や受容することとの恍惚とともに生まれる、純粋な存在そのものである一語、たとえば〝これ〟のようなものだったのか？　ちょっと気取りすぎだろう。それでも、だんだん近づいてきた。わたしの観念は〝存在すること《トゥ・ビー》〟だった。さもなければ、その文法的な活用形〝ある《イズ》〟だった。これこそわたしの原点たる観念であり、この〝ある〟にこそすべての核がある。まさにそうなのだ。〝そうあらねばならぬ《エス・ムス・ザイン》〟という意味合いで。意識的生活の始まりは幻想の、存在しないという幻想の終わりであり、現実が噴き出すときなのだ。魔術に対する現実の、〝らしい〟に対する〝ある〟の勝利。わたしの母は陰謀に関わっている。したがって、わたしも加担しているのだ。たとえわたしの役割がそれを食い止めることでしかないとしても。あるいは、気乗りのしない愚か者であるわたしが、生まれるのが遅すぎた場合には、その恨みを晴らすことでしかないとしても。

　しかし、幸運を前にして、わたしは泣き言を言うつもりはない。わたしは初めから知っていた。黄金色の包みを解いて、わたしの意識という贈り物を取り出したときから、もっと悪い時代に、はるかに悪い場所に生まれていたかもしれないことを。わたしの境遇の全般的な条件は最初からあきらかで、それに比べれば、わたしの家庭内の問題はたいしたことではない、あるいは、ないはずである。歓ぶべきことはたくさんある。まずわたしは近代的な条件（衛生、休日、麻酔、読書ランプ、冬にはオレンジ）を受け継ぐはずだし、この惑星上でも特権的な片隅――食料がゆたかで疫病のない西ヨーロッパ――に住むことになっている。古色蒼然たるヨーロッパ、硬化症を患ってはいるが、比較的やさしく、おのれの亡霊に苛まれ、暴漢には無防備で、自分に自信をもてずにいるが、数百万の恵まれない人々が好んで選ぶ目的地。わたしのふるさとは――膨大な政府年金基金と気前のいい社会福祉サービスゆえにわたしの第一候補だった――繁栄を謳歌するノルウェーではなく、郷土料理と太陽に祝福された衰亡ゆえに第二候補だったイタリアでもなく、ピノ・ノワールと意気軒昂なプライドの高さから第三候補だったフランスでさえない。わたしが受け継ごうとしているのは、あまり連合しているとは言えない王国である。尊敬されている高齢の女王をいただき、慈善事業や万能薬（血液を浄化するカリフラワーのエキス）や憲法違反の要らぬ口出しで有名な実業家皇太子が、王位を継承する日をいまや遅しと待ちかまえている国。それが祖国になるのだが、わたしはそれでもかまわない。ひとつ間違えれば、北朝鮮に生まれていたかもしれないのだから――玉座の継承に争いの余地がない点ではおなじだが、自由や食料が欠乏している彼の国に。

　いったいどうして、まだ若いとさえ言えず、生まれたばかりだとさえ言えないこのわたしが、こんなにも多くのことを知っているのか、あるいは、多くのことについて間違った考えを抱けるほど豊かな知識をもっているのか？　じつは、情報源があり、わたしは聴いているのである。母のトゥルーディは、友だちのクロードといっしょでないときには、ラジオを聴くのが好きで、音楽よりトーク番組がお気にいりだ。インターネットがはじまったとき、ラジオがこんなにも盛んになるなんて、古めかしい〝無線放送《ワイヤレス》〟という言葉がふたたび息を吹き返すなんて、だれが想像しただろう？　胃や腸のガラゴロという騒音を超えて、ニュースが、あらゆる悪夢の源泉が聞こえてくる。自分を傷つけたい衝動に駆られて、わたしはニュース解説や反対意見にじっくりと耳を傾ける。一時間ごとの再放送も、三十分ごとのニュース概要《サマリー》にもうんざりすることはない。BBCワールド・サービスや、そのニュース項目の切れ目に入る合成音のトランペットとシロフォンの幼稚なサウンドさえ我慢できる。静かな長い夜の深更に、わたしは母親に鋭い蹴りを入れることがある。すると、彼女は目を覚まし、眠れなくなって、ラジオに手を伸ばす。残酷な悪ふざけなのはわかっているが、朝までにふたりの知識は増えている。

母はポッドキャストの放送講座や自分磨きのためのオーディオブックが気にいっている――全十五回の『ワインを知ろう』、十七世紀の劇作家たちの伝記、さまざまな世界的名作。ジェイムズ・ジョイスの『ユリシーズ』は、わたしをわくわくさせたけれど、彼女をぐっすりと眠りこませた。初めのころは、母がイヤホンを耳に差しこむと、音がくっきりと聞こえてきた。音波がとてもきれいに顎の骨から鎖骨へと伝わって、栄養分を供給する羊水をさっと通過するのである。テレビでさえその貧弱な内容の大部分を音で伝えている。母とクロードが会っているときには、ふたりはときおり世界情勢について、たいていは不平不満というかたちでだが、語り合うことがある。自分たちがそれをさらに悪化させる企みを抱いているのにもかかわらず。わたしはこんなところに封じこめられて、体と心を成長させること以外にはなにもできず、あらゆるものを受けいれる。たとえごくつまらないものでさえ――それがじつにたくさんあるのだが。

というのも、クロードはおなじ文句を繰り返すのが好きな男なのである。決まり文句の男なのだ。初対面の相手と握手するときには――わたしは二度聞いたことがある――「クロードです、ドビュッシーとおなじ」と彼は言う。なんという考え違いだろう。こちらは不動産開発業者のクロードで、なにひとつ作曲することはなく、なにを創り出すこともないというのに。なにか面白いことを考えると、彼はすぐさま口に出し、あとでそれを思い出して、もう一度言うのが好きなのだ――言って悪いわけがあるだろうか？　おなじ考えでもう一度空気を振動させるのが、彼には不可欠な快楽のひとつなのである。自分が繰り返しているのを相手が知っていることを彼は知っている。彼が思ってもみないのは、相手が自分とおなじようにうれしがっているわけではないということだ。これは、わたしがＢＢＣのリース講義で学んだところによれば、価値基準の問題として知られている。

クロードの話し方やわたしの情報収集のやり方の一例を挙げておこう。彼とわたしの母は電話で（わたしには両方の声が聞こえる）夜に会う約束をしていた。よくあることだが、わたしを勘定に入れない、ふたりだけのキャンドルライト・ディナーである。どうしてわたしに照明のことがわかるのか？　それはその時刻がやってきて、彼らが席に案内されると、母が文句を言うのが聞こえたからだ。ほかはどこもキャンドルが点いているのに、わたしたちのテーブルにだけ点いていないわ。

それにつづいてクロードが苛立たしげに息を呑む音、乾いた指を横柄にパチリと鳴らす音、それから、たぶん腰をかがめたウェイターが発するのだろう、いかにも追従的な低いつぶやきがあって、シュパッというライターの音。これでキャンドルライト・ディナーが彼らのものになる。あと足りないのは料理だけだが、ふたりの膝には重たいメニューがのっている――わたしは腰のくびれの背中側にメニューの下端が押しつけられるのを感じた。これからまたもやメニューの用語に関するクロードのお定まりの口上を聞かされることになる。そのどうでもいい滑稽さを発見したのは、この世で彼が初めてであるかのように。彼は〝フライパンで炒めた《パン＝フライド》〟という用語についてくどくど言う。この〝パン〟というのは何なんだ？　ありふれた、健康によくない〝油で炒めた《フライド》〟をこれで誤魔化して聞こえのいい響きにしているだけじゃないか。ホタテガイのライム果汁入りチリ・ソースをフライパン《パン》以外の何で炒めようって言うんだい？　砂時計のなかででも炒めるのか？　次に移る前に、彼は強調するところを変えながら、何度かこれを繰り返す。それから、第二のお気にいり、アメリカから輸入された〝スティールカット〟（オーツ麦を割って小粒にしたもの）という用語をやり玉に挙げる。わたしは彼の決まり文句を本人より先に声には出さずにとなえていたが、そのとき、わたしの垂直だった姿勢がわずかに傾いた。母が身を乗り出し、彼の手首を押さえるように一本の指をあてがって、やさしく、気をそらすような言い方で言ったのである。

「ワインを選んでちょうだい、ダーリン。なにかすてきなものを」

　わたしは母とグラスを分かち合うのが好きだ。健康な胎盤を通してデカントされた良質のブルゴーニュ（彼女のお気にいり）や上等のサンセール（これも彼女のお気にいり）の味を、あなたは体験したことがないかもしれないし、忘れてしまったかもしれないが。ワイン――今夜はジャン＝マックス・ロジェのサンセールだ――がまだわたしまで届かないうちから、コルクを抜く音が聞こえるだけで、夏のそよ風にそっと顔を愛撫されたような気分になる。アルコールがわたしの知能を低下させることは知っている。だれの知能だって低下させるのだ。けれども、ああ、喜ばしい赤みを帯びたピノ・ノワールやグースベリー色のソーヴィニョンは、わたしを回転させ、人知れぬ海のなかで宙返りさせて、わたしの城――わたしの住処である弾力性のある城の壁から跳ね返らせる。あるいは、もっとスペースがあったときには、そうさせたものだった。いまでは、わたしはじっとしたまま歓びを味わうしかないのだが、二杯目が入ってくるころには、わたしの思考はまさに詩的な奔放さで咲き乱れる。わたしの思考は滾々《とうとう》と湧き出す五歩格や行末止めや句またがりの、愉快な変化に富む詩句になって解《ほど》けていく。しかし、母は三杯目にはけっして手を出そうとせず、それがわたしには苦々しい。

「赤ちゃんのことを考えなくちゃならないから」気取った手つきでグラスにふたをしながら、彼女が言うのが聞こえる。そういうときである。わたしがぬるぬるした紐を引っ張ってやろうかと思うのは——使用人がたくさんいるカントリー・ハウスで、彼らを呼ぶためにビロードの紐を思いきり引っ張るみたいに。おおい！　ここにいる友人たちにもう一杯ずつ注いでやってくれ！

　だが、実際にはそうはしない。彼女はわたしへの愛から自制しているのだから。そして、わたしは彼女を愛しているのだから——どうして愛さずにいられるだろう？　まだ見ぬ母親、まだ内側からしか知らない母親。これだけでは足りない！　わたしは外側の彼女に焦がれているのだ。外面がすべてなのだから。彼女の髪が〝麦わら色の金髪〟で、〝ワイルドな巻き毛のコイン〟になって〝リンゴの果肉みたいに真っ白な肩〟まで垂れているのは知っている。なぜなら、わたしの面前で、父がそういう自作の詩を朗読したことがあるからだ。クロードも、それほど創意あふれる言い方ではないにしろ、彼女の髪を話題にしたことがあるけれど。その気になると、母は髪をきっちりと三つ編みにして、父の言うユリア・ティモシェンコ風に、頭に巻きつける。母の目が緑色をしていることや、鼻は〝真珠のボタン〟みたいで、本人はもうすこし高ければと思っているが、男たちは——別々にだが——ふたりともあるがままのそれを賛美して、彼女を安心させようとしていることも知っている。彼女は人からよく美人だと言われるが、本人は懐疑的で、それが彼女にそうとは意識せずに男たちを意のままにする力を与えている。ある午後、わたしの父が蔵書室でそう言ったが、そうだとしたら、そんな力は欲しくないし、欲しいと思ったこともない、と彼女は答えた。これはふたりのあいだではめったに聞けない類の会話だったので、わたしはじっと耳を澄ました。わたしの父は、ジョンという名前だが、自分が彼女や女性一般に対してそういう力をもっていたなら、それを放棄することなど想像もできないと言った。共振的な波動のせいでわたしの耳が束の間壁から離れたので、母が大げさに肩をすくめたにちがいないとわたしは推測した。それじゃ、男たちは違うのね、どうでもかまわないけれど、とでも言うかのように。そのうえ、彼女は声に出して、わたしにどんな力があったとしても、それは男たちが想像のなかで与えた力にすぎないと言った。そのとき、電話が鳴って、父がそれに応えるためにその場から遠ざかり、力をもっている人間についての、このめったにない興味深い会話はそれきりになった。

それはともかく、母のことに話を戻そう。わたしの不実なトゥルーディ。そのリンゴの果肉のような腕と胸、緑色の瞳にわたしは思い焦がれているのだが、彼女のクロードへの不可解な欲求はわたしの初めての意識、わたしの原初の〝ある〟以前からあった。しばしば彼女は彼に、彼は彼女に、ひそひそとベッドで、レストランで、キッチンでささやき合っている。ふたりとも子宮に耳がついているかもしれないと疑っているかのように。

わたしはこれまで、ふたりのこのひそやかさは、ふつうの恋人たちの親密さにすぎないと思っていた。だが、いまやわたしは確信している。そんなふうに浮き足立った口調で声を殺してしゃべるのは、彼らが恐ろしいことを計画しているからなのである。もしも失敗したら、と彼らが言っているのが聞こえた、自分たちの人生は滅茶苦茶になる。やるつもりなら、ぐずぐずしないで迅速に行動する必要がある。冷静で忍耐強くなければならないし、計画が失敗したときの代償を忘れてはならない、とふたりはたがいに言い交わしていた。計画にはいくつかの段階があり、それぞれがうまく噛み合わなければならない。ひとつでもうまくいかなければ、「旧式のクリスマスツリーのイルミネーションみたいに」すべてが駄目になってしまうだろう——この不可解な比喩を口にしたのは、わかりにくいことはめったに言わないクロードだった。彼らは自分たちがやろうとしていることに吐き気を催し、怯えていて、けっして直接口にしようとはしない。そうはせずに、声をひそめて妙に端折った言い方をしたり、遠まわしに仄めかしたり、疑わしげに口ごもったりするのだが、そのあとすぐに咳払いをして、さっと話題を変えるのだった。

先週のある暑くて寝苦しい夜、わたしはふたりとも眠っていると思っていたが、母がふいに暗闇に向かって言った。階下の父の蔵書室にある時計によれば、夜が明ける二時間前だった。「こんなこと、できないわ」

すると、クロードがすぐさまきっぱりと「できる」と言った。そして、そのあと、一瞬考えてから、もう一度「で・き・る」と言った。

2

さて、わたしの父、ジョン・ケアンクロスだが、大柄な男で、わたしのゲノムの片割れで、その運命の螺旋状のねじれはわたしにおおいに関わりがある。わたしの両親が、別々の糖リン酸バックボーンに沿って仲睦まじく、苦々しく、永遠に絡み合っているのは、わたしのなかでだけであり、それがわたしという存在の処方箋《レシピ》なのだ。わたしは白昼夢のなかでも、ジョンとトゥルーディをない交ぜにしている——別れた両親のこどもはだれでもそうだろうが、わたしの大いなる願いはふたりが、この基本的なペアが復縁して、自分が置かれている状況を自分のゲノムと結びつけることなのである。

父はときどき家にやってくるが、そういうときわたしは大喜びする。彼はときおりジャッド・ストリートのお気にいりの店のスムージーを持ってくる。寿命を延ばすとされるこのどろどろした飲み物に、父は目がないのである。なぜ父がやってくるのかは理解できない。というのも、いつもかならず悲嘆に暮れて帰っていくからである。これまでいろいろ推測してみたが、どれも間違いであることが判明した。わたしはいちだんと注意深く耳を傾けて、いまのところ次のようなことが言えるのではないかと思っている。父はクロードのことはなにも知らず、いまだに魂を吸いとられたように母を愛していて、いずれ近いうちに縒りを戻したいと考えており、別居はたがいに「成長するための時間と空間」を設けて、絆をあらたにするためだという彼女の言い分を相変わらず信じているのだろう。彼は名もない詩人だが、あくまでも詩人でありつづけようとしている。貧乏な出版社を所有し経営していて、何人かの詩人、いまではだれもが知っている詩人の処女詩集を出版し、なかにはノーベル賞受賞者さえいるのだが、評判が高くなると、彼らは成長したこどもたちのように、もっと大きい出版社へ移っていった。そういう詩人たちの不実を彼は人生の避けがたい現実として受けいれ、彼らのケアンクロス社への称讃の言葉をまるで聖人のように心から喜んでいる。自分が詩人として成功できなかったことについては、世を呪うようなことはなく、ただ悲しんでいるだけである。いつだったか、トゥルーディとわたしの前で、自分の詩についての冷やかな批評を読み上げたことがある。彼の作品は時代遅れで、不自然なほど形式にとらわれ、あまりにも〝美しすぎる〟とそれは言っていた。それでも、彼は詩で生活しており、いまでも母に向かって詩を朗読するし、詩を教えたり、批評をしたり、若い詩人を世に送り出す企画を立てたり、賞の選考委員会に加わったり、学校で詩の教室を催したり、小さな雑誌に詩にまつわるエッセイを書いたり、ラジオで詩について語ったりしている。トゥルーディとわたしは深夜番組で彼が話すのを聞いたことがある。彼はトゥルーディよりも経済的に余裕がなく、クロードよりはるかに貧乏だが、千篇もの詩をそらんじている。

以上がわたしが集めた事実と仮説である。忍耐強い切手収集家みたいにこのコレクションの上にかがみ込んで、わたしは最近あきらかになった情報を追加する。父は皮膚病を患っている。乾癬である。そのため両手の皮膚が硬化して赤くなり、鱗《うろこ》状になっている。トゥルーディはその見かけと手ざわりを嫌って、手袋をするように言っているが、彼はそれを拒否している。ショアディッチにあるみすぼらしい三部屋のアパートを半年契約で借りていて、借金があり、肥りすぎで、もっと運動をする必要がある。ついきのうわたしは、依然として切手収集に喩えさせてもらうならば、ペニー・ブラック（世界初の郵便切手で、コレクターの垂涎の的）を手に入れた。わたしの母が住んでいる――その母のなかにわたしが住んでいる――家、クロードが夜ごと訪ねてくる家は、自慢たらしい大通り、ハミルトン・テラスにあるジョージアン様式の豪邸で、父のこども時代の家だった。二十代の末、母と結婚してまだ間がなく、ちょうどひげを伸ばしはじめたころ、彼はこの家族の家を相続した。

父の愛しい母親はずいぶん前に亡くなっていた。すべての情報源で一致しているのは、この家が汚いということである。陳腐な常套句でしか言い表しようがないが、それは剝げかかり、くずれかかり、老朽化している。冬には、カーテンに霜がついて硬くなることがあり、大雨が降ると排水管が、頼りになる銀行みたいに、たまっていたものを利息付きで返してくれ、夏には、あくどい銀行みたいに、悪臭を放つ。だが、しかし、わたしのピンセットがつまんでいる世にも稀な一枚、英領ギアナの一セント・マゼンタ（一八五六年発行。世界に一枚しか現存しない）をご覧じろ。たとえそんなぼろぼろの状態でも、ここの痛ましい六千平方フィートは七百万ポンドで売れるらしいのである。

ほとんどの男は、ほとんどの人間は、自分の生家の軒下から配偶者によって追い出されることを許容したりはしないだろう。しかし、ジョン・ケアンクロスは別だった。わたしの無理のない推理はこうである。彼は心やさしい星の下に生まれ、人を喜ばせるのが大好きで、あまりにも人がよく、あまりにもひたむきで、野心的な詩人の内に秘めた貪欲さなどというものとは縁がない。わたしの母を（その目を、髪を、唇を）称える詩を書いて、それを朗読しに来ることで、彼女の心は和らげられ、彼を彼自身の家に迎え入れる気になるだろうと本気で信じているのだろう。けれども、彼女は自分の目がすこしも〝ゴールウェイの芝生〟（〝青々としている〟と言いたかったのだ）みたいではないことを知っているし、アイルランドの血は一滴も入っていないから、そんな詩句にはなんの面白味も感じなかった。いっしょに朗読を聞かされるときにはいつも、母の心臓の鼓動は遅くなり、網膜にかかった退屈さの皮膜が彼女の視界をさえぎって、大柄な、心の大きな男が、時代遅れのソネットというかたちで、望みもなしに訴えかけているというその場面の哀れさが見えなくなるのだった。

千篇というのは誇張だったかもしれないが、父がそらんじている詩の多くは、あの銀行員たちの名高い作品、『サム・マギーの火葬』や『荒地』（R・W・サーヴィスもT・S・エリオットも銀行員だった）みたいに、長かった。トゥルーディはいまでもときおりの詩の朗読を許容している。彼女にとっては、言葉をやりとりするよりも、彼らの結婚生活という草取りもしていない庭でもう一仕事するよりも、モノローグのほうがましだからだろう。それとも、まだ多少は残っている罪の意識から、彼のやりたいようにさせているだけなのかもしれない。かつては父が彼女に向かって詩について語るのが、ふたりの愛の儀式だったのだから。奇妙なことに、父がうすうす感づいていることを、いずれは打ち明けなければならないことを――自分がもはや彼を愛していないこと、愛人がいることを――言ってしまうのは、母には耐えがたいらしい。

きょう、ラジオで、ある女性が、夜中に人気《ひとけ》のない道路で一匹の犬を、ゴールデン・レトリヴァーを撥ねてしまった話をしていた。ヘッドライトのなか、そのかたわらにしゃがみ込んで、彼女は恐ろしい苦痛に痙攣しながら死んでいく犬の足をにぎっていた。そのあいだじゅう、大きな茶色の目が赦してやると言いたげに、じっと彼女を見上げていた。彼女は空いているほうの手で石をひろって、哀れな犬の頭部に数回打ちつけた。ジョン・ケアンクロスを片付けるには一撃で足りるだろう。慈悲の一撃《クー・ド・グラス》ならぬ真実の一撃《クー・ド・ヴェリテ》で。だが、そうはせずに、彼が朗読をはじめると、トゥルーディはおとなしく聞いている顔をする。わたしは真剣に耳を傾けるけれど。

わたしたちはたいてい二階の詩集の蔵書室に行く。マントルピースの置き時計の音が妙にやかましく響くなか、彼はいつもの椅子に腰をおろす。ここで、ひとりの詩人を前にして、わたしはさまざまな推測に身をゆだねる。父が考えをまとめるために天井を見上げれば、アダム様式のデザインがかなり老朽化しているのが目につくだろう。傷んだ箇所から舞い落ちる漆喰の粉塵が、名著の背表紙をアイシング・シュガーみたいにうっすらとおおっている。母は腰をおろす前に椅子を手でぬぐう。とくに勿体をつけるわけでもなく、父は息を吸って、朗読をはじめる。よどみなく、感情をこめて朗誦する。わたしは大部分の現代詩にはすこしも興味をそそられない。あまりにも自身のことばかりで、他人については冷淡すぎるし、短い一行のなかに不平不満が多すぎる。けれども、ジョン・キーツやウィルフレッド・オーウェンには、兄弟に抱きしめられるような温かさがある。わたしは唇に彼らの吐息を、キスを感じる。〝砂糖漬けのリンゴ、マルメロ、プラム、そしてウリ〟（J・キーツ『聖アグネス祭の前夜』）とか〝娘たちの額の蒼白さが棺をおおう布になるだろう〟（W・オーウェン『死者たちのための挽歌』）などという詩句を書けたなら、と思わない者がいるだろうか？

父の崇めるような視線を通して、わたしは蔵書室の向こう側から見た母を想像する。彼女はフロイトのウィーン時代からある大きな革の肘掛け椅子に坐っている。しなやかな剝きだしの脚、その一部をかわいらしく尻の下に折りたたんでいる。片方の肘を椅子の肘掛けに当てて、垂れさがろうとする頭を支え、自由なほうの手の指は軽く足首を叩いている。午後の遅い時刻で暑く、窓はあけ放たれ、セント・ジョンズ・ウッドの車の音がけだるく響いてくる。なにかぼんやりと考えているような顔、重たそうな下唇。きれいな舌がそれを舐める。ブロンドの巻き毛の輪がいくつか、じっとりと首筋に貼りついている。わたしを収容するためにゆるめにカットされているコットンのドレスは淡い緑、彼女の瞳より淡い緑色だ。妊娠という仕事は着実に進捗していて、彼女は疲れているが、気持ちのいい疲れ方だった。ジョン・ケアンクロスの目に映っているのは、暑さでほんのりと赤みを帯びた両の頬、首から肩にかけての美しいライン、胸のふくらみ、希望に満ちた小丘、すなわちわたし、日に当たることのないふくらはぎの青白さ、見えているほうの足のしわひとつない足の裏、家族写真のなかのこどもたちみたいに段々小さくなっていく純真無垢な足指たち。妊娠したことで、彼女のすべてが完璧なものになった、と彼は考えていた。

父が理解していないのは、母は彼が帰るのを待っているということだった。そして、いまやわたしたちは妊娠後期に入っているというのに、彼女が父を別の場所に住まわせているのはまともではないことだった。自分を消去することに本人が手を貸すなんてことがありうるのだろうか？　あんな大男で、聞くところによれば、六フィート三インチもあるというのに。逞しい腕にもじゃもじゃの黒い毛を生やした大男なのに。妻が必要だと主張する〝スペース〟を言われるままに与えるのが賢明だと思っているおめでたい大男。スペースだって！　ここに入ってみるがいい。最近では、わたしはほとんど指一本曲げることさえできないのだぞ。母の用法では、スペースとか、その必要性とかいうのは、利己的で、悪賢く、残酷であることの歪んだ暗喩《メタファー》、でなければ同義語にすぎない。いや、ちょっと待った。わたしは彼女を愛している。彼女はわたしの神であり、わたしは彼女を必要としているのだ。だから、いま言ったことは撤回する！　わたしは苦し紛れに言ったのだ。わたしも父とおなじくらい惑わされている。そうなのだ。彼女の美しさとよそよそしさと意志の堅さは一体なのである。

彼女の頭上では、蔵書室のくずれかけた天井からふいに粉塵が噴きだして、その旋回する微粒子が宙を漂いながら陽光の柱を通過するとき、キラキラ光っている。椅子のひび割れた茶色い革をバックにして、彼女自身もなんときらめいていることか。ヒトラーやトロツキーやスターリンがそれぞれのウィーン時代に手足を伸ばしたかもしれないその椅子で。もっとも、その当時は、彼らはまだ将来の自分たちの胎児のようなものでしかなかったはずで、それはわたしも認めるけれど。わたしは彼女のものである。彼女から命令されれば、わたしもショアディッチに亡命し、自分で自分の面倒をみるだろう。臍の緒はなくてもいい。わたしは絶望的な愛で父とひとつに結ばれているのだから。

ありとあらゆる兆候――そっけない返事、あくび、すべてにうわの空――にもかかわらず、父は宵の口までぐずぐずしている。たぶん、夕食を期待しているのだろう。だが、母はクロードを待っている。だから、最後には、休む必要があると宣言して、彼女は夫を追い払う。そして、ドアのところまで送っていく。ためらいがちにさよならを言うとき、彼の声ににじむ悲しみをだれが気にも留めずにいられるだろう？　彼女の前に一分でも長くいるためには、どんな屈辱にも耐える気でいるのだと思うと、わたしの胸は痛む。性格を別にすれば、ほかの男たちとおなじように振る舞えない理由はないはずなのに――彼女の先に立ってマスター・ベッドルームへ、わたしが受胎された部屋へ行って、ベッドに寝そべったり、濛々と湯気の立つバスタブに浸かったり、友人を呼び集めて、ワインを注いだり、この家の主人らしく振る舞うこともできるはずなのに。だが、そうする代わりに、彼はやさしさと彼女の要求に対する自己消去的な思いやりでうまくいくことを期待している。わたしの思い違いであってほしいと思うが、彼は二重に失敗することになるだろう。彼女は気の弱い男として父を軽蔑しつづけるだろうし、父はそれだけよけいに苦しむことになるだろう。彼の訪問は終わるのではなく、徐々に消えていく。蔵書室に反響する悲しみの場《ば》を、その想像上の形を、彼の椅子にまつわりつく落胆のホログラムを残して。

いま、わたしたちは玄関のドアに近づき、母は彼をこの家から送り出そうとしている。ここのさまざまな侵食作用については、これまでもおおいに議論されてきた。わたしが知っているのは、ドアの蝶番のひとつが木部から外れていること。木材腐朽菌がドア枠の一部を微細な粉にしてしまったこと。床のタイルがなくなったり割れたりしていること――かつてはカラフルな菱形模様のジョージアン様式のタイルだったが、いまはもう取り替え不可能なのだ。そういう欠けたり割れたりしている部分を、空き瓶や生ゴミの詰まったビニール袋が覆い隠しているが、そこから足下にこぼれ出しているものが、この家のむさ苦しさを象徴している――灰皿の残骸、ケチャップがぞっとする傷痕みたいにこびりついている紙皿、ネズミか小人が貯めこんだ小さな穀物袋みたいに揺らめいているティーバッグ。掃除に来ていた家政婦は、わたしが孕まれるずっと前に、悲しそうに辞めていった。ふたの位置が高い車輪付きゴミ箱がある場所までこういうゴミを運ぶのは、妊婦のやるべき仕事ではないことを、トゥルーディは知っている。わたしの父に玄関を片付けるように頼むのは簡単だが、彼女はそうしようとはしない。家族としての義務を負わせれば、家族としての権利を与えることにもなりかねないからだ。彼女は父が自分を捨てたという話をでっちあげようとしているのかもしれない。この点に関しては、クロードはまだ客であり、部外者でしかなかったが、いつだったか、家の一部を片付ければ残りのむさ苦しさが目立ってしまう、と彼が言うのを聞いたことがある。熱波にもかかわらず、わたしは悪臭からはしっかりと護られている。母はほとんど毎日それについて苦情を洩らすが、なんだか気のない言い方で、これは家庭が崩壊していることのたかだかひとつの側面にすぎない。

父の靴に付いたカッテージチーズの染み、あるいは、幅木のそばのコバルト色の綿毛の生えたオレンジを見れば、父の別れの挨拶は短くなる、と彼女は思ったのかもしれないが、それは間違いだった。ドアはひらかれ、父は敷居をまたいで立ち、母とわたしは玄関のすぐ内側にいる。十五分後には、クロードが来ることになっており、早めに来ることもあるので、トゥルーディは気が気でなかったが、眠そうな顔をしたままでいることに決めていた。彼女は卵の殻を踏みつけた。かつては無塩バターを包んでいた、脂だらけの四角い紙がサンダルの底に貼りついて、足の指に脂がついた。彼女はまもなくユーモラスな言い方でこれをクロードに話すのだろう。

父が言う。「ねえ、わたしたちはほんとうに話し合う必要があるんじゃないかね」

「そうね。でも、いまはだめ」

「しかし、いつも先延ばしにしてばかりいる」

「わたしがどんなに疲れているか、とても言葉では言い表せないわ。どういうことか想像もつかないでしょうけど。ともかく横になる必要があるの」

「もちろんだ。だから、わたしは戻ってくることを考えている。そうすれば、わたしが――」

「おねがい、ジョン、いまはやめて。もうそれは話し合ったことなんだから。わたしには時間が必要なの。察してちょうだい。わたしはあなたのこどもを身ごもっているのよ、わかってる？ いまはあなた自身のことを考えているときじゃないんだから」

「きみをここにひとりにしておきたくないんだ。わたしがいれば――」

「ジョンったら！」

彼女が許す範囲でできるだけ体を密着させて抱擁しながら、父がため息をつく音が聞こえる。それから、彼女が手を伸ばすのをわたしは感じた。たぶん乾癬に悩まされている手を慎重に避けて、彼の手首をにぎり、後ろを向かせて、やさしく通りに送り出したにちがいなかった。

「ダーリン、おねがい、行って、ちょうだい……」

そのあと、憤激し疲れきって、母が横になっているあいだ、わたしは原初的な思索のなかに引きこもった。父はいったいどういう人間なのか？　ジョン・ケアンクロスという大男は、わたしたちの未来への使者なのか、戦争や掠奪や奴隷状態を終わらせて、この世界の女たちと対等で思いやりのある関係を築く男のかたちなのか？　それとも、彼は獣たちに踏みにじられて忘却の淵に投げこまれるだけなのか？　いずれわかるだろう。

3

このクロードというのは何者なのだろう？　わたしの家族とわたしの希望のあいだにもぐり込んだこの食わせ者は？　一度耳にして、メモしておいた言い方がある。〝頭の鈍い田舎者〟。わたしの洋々たる未来はかすんでしまった。わたしがなにかしら対策をひねり出さないかぎり、両親の世話を受けて幸せに暮らすというわたしの正当な権利をこの男の存在が否定する。彼はわたしの母を夢中にさせて、父を追い払った。彼の利益はわたしのそれにはなりえない。彼はわたしを押しつぶそうとするだろう。わたしがなんとかしないかぎり、しないかぎり、しないかぎり――これは単語の切れ端、もうひとつの運命のぼんやりとしたきざし、子羊のかすかな啼き声のような弱強格の希望にすぎない。目のガラス体のなかの浮遊物みたいにふわりと脳裏をよぎっていく。

単なる希望。

　クロードも、浮遊物みたいに、ほとんど現実的ではなかった。目的のためなら危ない橋を渡るいかがわしい男ですらなく、薄笑いを浮かべた悪党を思わせる気配もない。それどころか、ほとんど光り輝かんばかりに鈍感で、どんな創意もかなわないほど退屈であり、その陳腐さはブルー・モスクのアラベスクに負けないほど精緻にできている。この男はひっきりなしに口笛を吹いているが、なにかの曲ではなく、テレビのコマーシャルソングや着メロで、タレガ作曲のノキアの着信メロディで朝を明るくしてくれるのである。彼がしばしば繰り返すコメントは、機知もなく覇気もない垂れ流しで、語彙の貧しい彼の台詞は、親鶏のいないヒヨコみたいに、ただ安っぽく消えていく。この男はわたしの母が顔を洗う洗面台で陰部を洗う。服と車のことしか知らず、あんな車やこんな車、あるいはハイブリッドカーや……や……は絶対に買わないとか、運転するつもりさえないとか、わたしたちはもう何百回聞かされたことか。スーツはメイフェアのこの、いや、あの通りの店でしか買わないし、シャツはどこか別の店、靴下はいまは名前を思い出せないあの店で……ただせめて……しかし。自分の台詞を〝しかし〟で締めくくる人間はほかにはいないだろう。

　あの気の抜けた、当てにならない声。わたしはこれまでの全生涯、あの口笛としゃべり声という二重の責め苦にずっと耐えてきた。さいわい彼の姿を見ることからは免れているが、それもまもなく変わってしまうだろう。分娩室の薄明かりに照らされた血糊のなかで（トゥルーディはわたしの父ではなく、彼を出産に立ち会わせるつもりでいる）、わたしがついに顔を出して彼に挨拶するとき、たとえ彼がどんな姿かたちをしているにせよ、わたしの疑問は残るだろう。いったい母はどうしようというのか？　何を望んでいるのか？　エロスの謎を実例で示すためにクロードを呼び出したとでも言うのだろうか？

　自分の鼻先数インチに父親のライバルのペニスを突きつけられるのがどういうことか、だれもが知っているわけではないだろう。妊娠末期のこの時期になれば、わたしのために自制するのが当然ではないか。医学的見地から要求されるわけではないとしても、それが礼儀というものだろう。わたしは目をつぶり、歯茎を嚙みしめて、子宮の内壁に体を押しつけて踏ん張っている。ボーイング機の翼がもぎ取られかねないほど激しく揺れる乱気流。母は遊園地ぽい絶叫を発して、愛人を駆り立て、鞭を当てる。ロック・コンサートの死の壁《ウォール・オブ・デス》みたいなものだ！　そのたびに、ピストン運動一回ごとに、彼が壁を突き破って、骨の柔らかいわたしの頭蓋に突き刺さり、わたしの脳に彼の精髄を、陳腐さがうようよするクリームを撒き散らすのではないかという恐怖にわたしは震えている。そうなれば、脳は損傷して、わたしは彼みたいに考えたり話したりするようになるのではないか。わたしはクロードの息子になってしまうのではないか。

　彼の前戯にもう一晩付き合わされるくらいなら、翼をもがれて大西洋のまんなかに墜落するボーイング機のなかに閉じこめられたほうがまだましだ。いま、わたしはこのかぶりつきに、頭を下にした窮屈な姿勢で収まっている。最小限の舞台装置から成る、寒々とした現代劇の、ふたり芝居。舞台全体に照明がついて、クロードが登場する。服を脱ごうとしているのは、わたしの母ではなく、このクロードのほうだ。その服をきちんとたたんで、椅子に掛ける。これという特徴もない、会計士のスーツみたいな裸体。その裸のままで、彼は部屋のなかをうろうろする。舞台の奥へ、前方へ、独り言の小糠雨を撒き散らしながら。叔母さんのピンクのバースデイ・ソープをカーゾン・ストリートに返品しに行かなきゃならないとか、ほとんど忘れてしまった夢のことだとか、軽油の値段だとか、じつはそうではないのだが、きょうは火曜日のような気がするとか。華やかな話題がうめき声を洩らしながら立ち上がったかと思うと、よろめき倒れて、すぐ次の話題に席をゆずる。で、わたしの母は？　彼女はベッドのなかに、シーツのあいだにいる。まだ服を完全には脱がず、全身を耳にして、ふんふんとうなずき、いまにも鼻歌をうたいだしそうだ。わたししか知らないのは、寝具の下で、曲げた人差し指が慎ましいクリトリスの肉襞にかぶさり、甘美に半インチほど体内に差しこまれていることである。すべてをうべない、魂を捧げながら、彼女はこの指をそっと揺り動かしている。そうするとたぶんとても気持ちがいいのだろう、とわたしは推測する。そうね、と彼女はため息まじりにつぶやく。そうよ、あの石けんはわたしもどうかと思っていたわ。わたしも夢はすぐに忘れてしまうし、きょうは火曜日だと思っていたわ。軽油についてはなにも言わなかったのがせめてもの慰めだった。

彼の膝が、不実にも、つい最近わたしの父を支えたマットレスをくぼませる。彼女は有能な親指をパンティに引っかけてスルリと脱ぐ。クロード登場。ときおり彼は母を、ぼくのネズミちゃんと呼ぶ。彼女はそれが気にいっているらしいが、キスもなければ、肌にふれたり撫でまわしたり、ささやいたり約束したりすることもなく、ちょっとしたやさしい言葉をつぶやいたり、ふざけて夢みたいなことを言ったりすることもない。ただベッドの軋むテンポがしだいに速まり、最後にはわたしの母がウォール・オブ・デスによじ登って、絶叫しはじめる。あなたは遊園地にある旧式の遊具を知っているだろうか。それが回転し加速すると、あなたは遠心力で壁に押しつけられ、床が目のくらむほど低く落ちこんだように見える遊具。トゥルーディはどんどん速く回転して、顔はぼやけた苺とクリームに、目があった場所は緑色のアンゼリカになる。彼女の声がますます大きくなり、最後の上昇・下降・絶叫・身震いに達すると、ふいに彼の押し殺したうめき声が聞こえる。ほんの一瞬の休止。クロード退場。マットレスがふたたびくぼんで、また彼のつぶやきがはじまる。いま、それはバスルームから聞こえる——カーゾン・ストリートや曜日のこの繰り返し、それから、上機嫌でノキアの着信メロディを奏でようと試みる。一幕物、最長三分で、リピートはなし。しばしば彼女もあとからバスルームに入っていき、体をふれあうことなしに、みそぎの湯で自分たちの体から相手の痕跡を洗い落とす。やさしさは微塵もなく、体を絡み合わせてうっとりまどろむということもない。オーガズムで気分がすっきりしたあと、この威勢のいい沐浴のあいだに、彼らはよく陰謀の話を持ち出すのだが、蛇口から水が流れているうえ、タイルにひどく反響するので、何を言っているのかはよくわからない。

彼らの企みについてわたしがこんなにわずかなことしか知らないのは、そのせいなのだ。わかっているのはただ、それが彼らを興奮させること、そして、たとえふたりだけだと思っているときでも、いつも声をひそめることだけである。わたしはクロードの名字も知らない。職業は不動産業者だが、たいして成功しているわけではない。カーディフに短期間、収益の多い高層ビルを所有していたことがあるが、この時期が彼の業績のただ一度のピークだった。金持ちなのか？七桁の財産を相続したが、いまや最後の二十五万ポンドを食いつぶしているところらしい。彼はわたしたちの家を十時ごろ出て、六時過ぎに戻ってくる。この男については、相反するふたつの説がある。ひとつは、味気ない殻のなかにもっと堅固な本性を隠し持っているという説。こんなに無味乾燥な人間というのは現実にはほとんどありえない。だから、もっと利口で、陰険で、計算高い人間が裏に隠れているにちがいない。これはとてつもないペテンのために作りあげられた作品、自作の装置、一種の道具で、トゥルーディといっしょに陰謀を企てながら、同時に彼女を欺いているのだという説。もうひとつは、彼は見たままの人間であり、身の入っていないザルガイで、彼女とおなじくらいくそ真面目な陰謀家だが、ただもっと頭が鈍いだけだという説。彼女としては、三分もしないうちに自分を天国の門へ投げこんでくれる男を疑う気はないようだが、わたしとしてはまだどちらとも決めかねている。

このふたりの陰謀についてもっとよく知るチャンスがあるとすれば、一晩中眠らずにいて、彼らがもう一度屈託のない夜明けの唄をうたうとき、それに耳を澄ますことだろう。クロードが柄にもなく「できる」と断言するのを聞いたとき、彼はそんなに鈍い男ではないのかもしれない、とわたしは思った。しかし、それから五日経っても、なにもなかった。わたしは母をけとばして目を覚まさせたが、彼女は愛人の眠りを邪魔しようとはしなかった。そうはせずに、ポッドキャストの講座のイヤホンを耳にねじ込み、インターネットの驚異に服従するだけだった。彼女は何でもかまわずに聴いたが、わたしはそのすべてに耳を傾けた。ユタ州でのウジ飼育。バレン高原でのハイキング。ヒトラーの最後の賭け——バルジの戦い。ヤノマミ族の性的儀礼。いかにしてポッジョ・ブラッチョリーニがルクレティウスを忘却の淵から救い出したか。テニスの物理学。

わたしは眠らずに耳を傾け、学んだ。けさ早く、夜明けまで一時間もない時刻の講義は、いつもより重苦しい内容だった。母の骨を通して、わたしは公式の講座というかたちでの悪夢に遭遇した。すなわち、世界の現状について。国際関係の専門家で、豊かな深い声をもつ良識ある女性が、この世界は健全ではないと教えてくれた。彼女はよく見られるふたつの精神状態——自己憐憫と攻撃性について語った。どちらも個人にとっては不幸な選択肢だが、このふたつが集団や国家において組み合わされると、有毒な混合飲料になる。最近ではウクライナで、ロシア人のあいだにこの中毒が蔓延したが、かつてその友人であるセルビア人のあいだでも彼らの地域で広まっていた。われわれは見くびられていたが、いまや力を見せつけるときが来たというわけである。ロシアが組織犯罪の政治部門を担おうとしているからには、ヨーロッパでふたたび戦争が起こることも考えられないことではない。リトアニアの南部国境地帯や北ドイツ平原のために、戦車部隊の埃を払っておくべきだろう。さらに、おなじ混合飲料がイスラムの野蛮な過激派を煽り立てている。杯は飲み干され、おなじ叫びが湧き上がる。われわれは屈辱を耐え忍んできた、この恨みを晴らさずにおくものか。

　講師はわが人類について暗い見方をしていた。人類のなかには一定数の精神病質者《サイコパス》がいて、それはけっして変わらない。正当であろうとなかろうと、彼らは武装闘争に惹きつけられる。そういう人間たちが地域的な争いを大きな紛争に拡大するのに手を貸しているのだという。彼女によれば、存亡の危機にあるヨーロッパは怒りっぽくなり、弱体化している。さまざまな自己愛的な愛国主義がこのおなじ甘美な混合飲料をすすっているからである。価値観が混乱し、反ユダヤ主義の病原菌が増殖し、移民たちは憔悴し、憤激すると同時にうんざりしている。ほかの場所でも、至るところで、あらたな貧富の差が生まれ、大富豪だけが別格の支配民族になっている。ありとあらゆる創意工夫を凝らして、各国は新型のすばらしい武器を開発し、グローバル企業は税金を逃れ、公明正大な銀行は莫大な財産をわがものにしようとしている。中国は、友人や相談相手を必要としない大国らしく、澄まし顔で近隣諸国の海岸に探りを入れ、熱帯の砂で島をつくって、やがてやってくると信じている戦争にそなえている。イスラム教徒が多数派の国々は、宗教的な厳格主義、性的な不健全さ、開花しそこなった民主革命のせいで苦しんでいる。中東は起こりうる世界大戦の高速増殖炉である。そして、都合のいい敵、アメリカ合衆国は、この世界にかろうじて残された希望であるにもかかわらず、拷問という罪を犯し、髪粉をふった鬘の時代に構想された神聖な文章、コーランとおなじくらい議論の余地のない憲法の前で途方にくれている。その神経質な国民は肥りすぎで、びくびくしており、言葉にならない怒りに苦しめられ、政治的な統治を軽蔑して、新しい拳銃一挺ごとに眠りを殺しつづけている。アフリカはまだ民主主義の隠し芸——権力の平和的な委譲——を身につけていない。簡単なもの——清潔な水、蚊帳、安価な薬——がないために、毎週何千人ものこどもたちが死んでいく。全人類を結びつけ平等にするのは、旧態依然たる気候変動という事実、消えていく森林や生き物や北極の氷だけだろう。儲けの大きい有毒な農業が生物学的な美を消し去り、海は弱酸性水になる。その水平線のはるか彼方から、急速に接近するものがある。癌や認知症で介護が必要な高齢者が急増し、その尿の臭いのする津波が押し寄せてくるだろう。まもなく、世界人口は転換期を迎え、逆転して、人口は破滅的に激減するにちがいない。言論はもはや自由ではなくなり、リベラルな民主主義は自明な目的地ではなくなって、人間はロボットに仕事を奪われ、自由は安全性と取っ組み合いになり、社会主義は不興を買い、資本主義は腐敗して破壊的になり、嫌われるが、それに代わるものは見当たらないだろう。

最後に、と彼女は言った。こうした災厄はわたしたちの双子の性質、すなわち、頭のよさと幼児性のなせる業である。わたしたちはあまりにも複雑で危険な世界を築いてしまい、もはや喧嘩っ早い自分たちの手には負えなくなっている。これほど希望のない状況では、だれもが超自然的なものに票を入れたくなるだろう。二度目の啓蒙時代はいまや黄昏にさしかかっている。わたしたちはすばらしかったが、いまや滅びる運命なのである。二十分経過。カチリ。

不安になって、わたしは臍の緒をまさぐった。悩みの数珠の代わりである。だが、ちょっと待ってくれ、とわたしは思った。わたしにはまだこれからのことではあるが、幼児性のどこが悪いのか？　この種の話はたっぷりと聞かされていたから、反論を喚起するのはむずかしくなかった。悲観主義はあまりにも安易で、甘美でさえあり、そこらじゅうのインテリの記章や羽根飾りになっている。それは知識階級の無策の赦免状と化している。わたしたちは演劇、詩、小説、映画のなかの暗い思想に興奮し、いまやそれは評論にまで浸透している。しかし、人類がこれほど豊かで、健康的で、長寿になったことはないだろう。それなのに、なぜそんな話を信用しなければならないのか？　戦争や出産で死ぬ人間はかつてなかったほど少なくなり、これほどの知識が、科学を通してこれほどの真理がわたしたち全員の手に届くようになったというのに？　こどもたちや、動物や、馴染みのない宗教や、見知らぬ遠くの外国人に対するやさしい共感の気持ちが日に日にふくらんでいるのに？　何百万もの人たちが悲惨な暮らしから抜け出せたのに？　西欧では、かなり貧しい人でさえ肘掛けのあるシートにもたれかかって、音楽を楽しみながら、全速力で走る馬の四倍のスピードで滑らかな高速道路を疾走できるのに？　天然痘や小児麻痺やコレラや麻疹《はしか》、高い幼児死亡率、読み書きのできない人、公開処刑、国家による日常的な拷問などがこんなに多くの国から姿を消したのに？　まだそんなに遠くないむかし、まだ至るところにこういう災《わざわ》いのもとがあったのである。太陽電池や風力発電や原子力やまだ知られていない発明が二酸化炭素廃棄物からわたしたちを解放し、遺伝子組換え作物がわたしたちを農薬や化学肥料まみれの農業から救い、極貧層の人たちを飢えから救ってくれるだろうというのに？　世界的な都市部への人口流入によって広大な土地が荒野にもどり、出生率が下がって、女性たちは無知な村の長老たちから救われるだろうというのに？　肉体労働者を皇帝アウグストゥスも羨むようなものにする、ありふれた奇跡の数々はどうなのか？　痛みのない歯の治療、電灯、愛する人たちに即座に連絡したり、世界最高の音楽や十カ国以上の各国料理をいつでも楽しめるというのは？　わたしたちは不満とおなじくらい多くの特権や楽しみをもっており、いまはそうでない人たちもじきにそうなるだろう。ロシアはどうなのかと言えば、カトリック時代のスペインについてもおなじことが言われていた。わたしたちは彼らの軍隊が上陸してくると思っていたが、たいていのことと同様に、それは起こらなかった。問題は焼き討ち船や無敵艦隊をスコットランドの北に押しやった有用な嵐によって解決された。わたしたちはいつになっても物事のありように悩まされつづけるだろう――意識というむずかしい贈り物にはそれが付きものなのである。

これからわたしのものになる黄金の世界にひとつだけ讃辞を呈しておこう。こんなふうに幽閉されているなかで、わたしは集団の夢の目利きになった。何がほんとうかだれにわかるというのだろう？　わたしは自分の手ではほとんど証拠を集められないのだ。どんな主張にもそれと一致するものがあり、それを打ち消すものもある。だから、だれもがやっているように、わたしは自分が望むものを、自分に都合のいいものを採用するしかないのである。

だが、こんなことを考えていたせいで、わざわざ目を覚まして聞こうとしていた会話の最初のほうを聞き逃してしまった。夜明けの唄。あと数分で目覚ましが鳴る。クロードがなにかつぶやき、わたしの母が返事をして、彼がふたたびなにごとか言った。わたしはふいに気づいて、壁に耳を押しつけた。マットレスが揺れるのがわかった。暑い夜だった。クロードは体を起こして、着ていたTシャツをベッドに投げ捨てたのだろう。きょうの午後、彼は兄と会うことになっていると言っている。この兄については前にも言っていたことがあり、もっと注意をはらうべきだった。だが、その前後の話が――お金のこと、銀行口座や税金や借金のことばかりで――いつも退屈だったのである。

クロードが言った。「彼の希望はすべて、いま契約しようとしている詩人にかかっているんだ」

詩人？　詩人と契約をするような人間はこの世にはほんのわずかしかいない。わたしが知っているのはただひとりだ。彼の兄？

母が言う。「そうね。あのなんとかいう女。名前は思い出せないけど。フクロウのことを書く」

「フクロウだって！　いま最新のテーマがフクロウか！　ともかく、きょう、彼と会わなきゃならない」

彼女はゆっくりと言った。「会うべきじゃないんじゃないかしら。いまは」

「さもなければ、またここにやってくるぞ。きみを困らせるようなことはさせたくないんだ。しかし」

母が言う。「わたしだってそうだけど。でも、これはわたしのやり方でやりたいの。あわてないで」

沈黙が流れた。クロードはベッドサイドのテーブルから携帯を取って、目覚ましが鳴りだす前に止めた。

しばらくしてから、彼が言う。「おれが兄貴に金を貸してやれば、いい隠れ蓑になるだろう」

「でも、大金はだめよ。ちゃんと返ってくるわけじゃないんだから」

ふたりは笑った。それから、クロードとその口笛がバスルームに向かい、母は横向きになって、ふたたび眠りこんだ。わたしは暗闇のなかに取り残されて、このとんでもない事実と向き合うことになり、自分の愚かさについて考えずにはいられなかった。

4

行き交う車の耳馴れた低いどよめき。かすかな風が――たぶんマロニエだと思う――木の葉を揺する音。足下からはポータブル・ラジオの薄っぺらな甲高い音がする。半影のような珊瑚色のあかるみ。長々とつづくその熱帯の黄昏が、わたしの内海とそこに浮遊する無数の破片をぼんやりと照らし出している。母は父の蔵書室の外側のバルコニーで日光浴をしているにちがいない。オークの葉とドングリをかたどった飾り付きの鋳鉄製の手摺りは、長年のあいだに塗り重ねられた黒いペンキでかろうじて形を保っているだけで、寄りかかってはいけないことをわたしは知っている。母が陣取っているのは片持ち梁のくずれかけたコンクリート製の棚板だが、修理に興味のない建築業者でさえ、そこは安全でないと言っている。バルコニーは幅が狭く、デッキチェアは斜めにしか、壁とほとんど平行にしか置けない。トゥルーディは裸足で、上半身はビキニ、下はなんとかわたしが収まるくらいの短いデニムのショートパンツ。それにピンクのフレームのハート形サングラスと麦わら帽子といういでたちである。わたしがそれを知っているのは、叔父――わたしの叔父だ！――が電話でどんな恰好をしているのかと訊き、彼女が媚びを売る口調でそれに答えたからである。

　数分前に、ラジオが午後四時を告げた。わたしたちはニュージーランド産マールボロ・ソーヴィニヨン・ブランのグラス、いや、ボトルかもしれない、を分かち合っている。これはわたしが選ぶ第一候補のワインではない。わたしなら、おなじ品種でももうすこし青臭さ《グラッシー》が控えめのサンセール、できればシャヴィニョルにしただろう。そうすれば、すっきりしたほどよいミネラル香が、この直射日光の露骨な襲撃や、建物のひび割れたファサードからオーヴンみたいに噴き出す照り返しの熱気を多少は緩和してくれただろう。

　しかし、わたしたちはいまやニュージーランドにいて、ニュージーランドがわたしたちのなかにあり、わたしはこの二日間に一度もなかったほど幸せだった。トゥルーディはプラスチックのアイスキューブでワインを冷やしているが、それにはべつに不服はない。わたしは初めて色や形の予兆のようなものを感じている。母の横隔膜がある角度で太陽に向けられているので、写真の暗室みたいにぼんやりと赤みがかった明るみのなかで、自分の顔の前に両の手があり、お腹と膝にゆったり巻きついている臍の緒があるのがわかった。生まれるのは二週間は先の予定だが、爪を切る必要がありそうだった。彼女がここに出ているのは、わたしの骨を成長させるビタミンDを生成させるため、ラジオの音を下げたのはわたしの存在をもっとじっくりと感じるためであり、わたしの頭のあたりを撫でているのは愛情のあらわれだと思いたい。しかし、彼女は日焼けしようとしているだけで、ムガル帝国のアウラングゼーブ皇帝についてのラジオドラマを聴くには暑すぎると思い、妊娠末期のせり出した腹の不快さを指先で和らげようとしただけなのかもしれない。要するに、わたしには彼女に愛されているという確信がないのである。

三杯目以降のワインはなんの解決にもならず、発見したばかりの事実の苦々しさはそのまま残っているが、それでも、わたしは好ましい分離のきざしを感じはじめている。すでに都合よく何段階かを省略して、十五フィートほど下にいる自分の姿が見える。岩の上に仰向けで大の字になっている滑落した登山者みたいに。わたしは自分の置かれた状況が理解できるようになり、感じたり考えたりできるようになってきた。気取りのない新世界の白ワインでもこのくらいの効き目はある。そうなのだ。わたしの母は父の弟を選び、夫を欺いて、息子の人生を台無しにした。わたしの叔父は兄の妻を盗んで、甥の父親を欺き、兄嫁の息子をひどく侮辱したのである。わたしの父は生まれつき無防備な性格で、わたしも現在置かれている状況ではやはり無防備である。叔父はわたしのゲノムの四分の一、父のそれの半分を共有しているはずだが、わたしがウェルギリウスやモンテーニュに似ていないのとおなじくらい、わたしの父には似ていない。わたし自身のどんな卑劣な部分がクロードであり、どうすればそれがわたしにわかるのか？　わたしは自分の兄弟になり、彼が兄を欺いたように、自分自身を欺くようになるのかもしれない。わたしが生まれて、ようやくひとりになれた暁には、キッチンナイフで切り取ってしまいたい四分の一がある。しかし、ナイフを持つ側も、わたしのゲノムの四分の一を分かち合う叔父だということになる。とすれば、ナイフは動かないことになるのではないか。しかも、こんな考えそのものも、ある程度は彼の考えなのである。それに、こういうこともある。

わたしとトゥルーディとの関係はあまりうまくいっているとは言えない。わたしは彼女の愛を当たり前のことだと思っていたが、明け方に、生物学者たちが議論しているのを聞いた。妊娠している母親は自分の子宮の店子と闘わなければならない。自然が、母親そのものが、わたしの将来の競争相手である兄弟を養うのに必要な資源を確保しておくために、闘うように定められているのだという。わたしの健康はトゥルーディから与えられたものだが、彼女はわたしから自分自身を守らなければならない。だとすれば、どうしてわたしの気持ちを思いわずらう必要があるだろう？　わたしが栄養不足になることが彼女とまだ孕まれてもいないやつらの利益になるのなら、叔父との逢瀬がわたしの神経を掻き乱しても、彼女が気にかけなければならない理由はないだろう。生物学者たちによれば、わたしの父の最良の手は別の男を騙して自分のこどもを育てさせておいて、それと同時に自分――わたしの父！――はほかの女たちのあいだに自分に似た人間の種を蒔いて歩くことだという。なんと殺伐とした、なんと愛のないことか。それならば、わたしたちは、わたしを含めてだれもがひとりきりで、無意識的な成長発展の青写真やフローチャートを入れた包みをぶら下げた棒を肩に担いで、人気のない大通りをとぼとぼ歩いているようなものではないか。

それではあまりにも耐えがたく、あまりにも陰惨でありすぎる。どうして世界がそんなに過酷なものでなければならないのか？　たしかにいろんなことはあるけれど、人々は社交的だし、親切でもある。成熟がすべてではないだろう。母はわたしの単なる大家以上の存在であり、父は自分の種をできるだけ広く撒き散らしたいとは思っておらず、自分の妻や、もちろん、ひとりきりの息子のことを思っているだろう。わたしは生命科学の賢人たちの言っていることは信じない。

父はわたしを愛しているにちがいないし、そのチャンスさえ与えられれば、わが家に戻って、わたしの世話をしたいと思っているはずだ。母はわたしの食事を欠かしたことはないし、きょうの午後までは、わたしのために三杯目を慎み深く断っていた。彼女に愛が足りないのではない。わたしのほうなのである。わたしの憤りがふたりのあいだに立ち塞がっているのだ。わたしは彼女を憎んでいると言うつもりはない。けれども、どんな詩人であるにせよ、詩人を捨てて、クロードを取るなんて！

　ひどすぎる。しかも、ひどいのはそれだけではない。彼があまりにも弱腰なのもひどい。ジョン・ケアンクロスが、自分の家から、自分の祖父が買った家から追い出されたのは〝人間として成長する〟ためだというのだから――〝気楽に傾聴する《イージー・リスニング》〟と言うのとおなじくらい矛盾した言い方ではないか。いっしょにいられるようになるために別居する、抱き合えるようになるために背を向ける、恋に落ちるために愛するのをやめるというのである。けれども、彼はそれを受けいれた。なんという間抜けだろう！　彼の弱さと彼女のずるさ。そのあいだに悪臭を放つ裂け目ができて、そこからいつの間にかウジのように叔父が湧いた。そして、わたしはここにうずくまっている。わたしだけの世界のなかに封じこめられて、いつまでもつづく、むっとする夕闇のなかで、苛立たしげに夢を見ているのだ。

　わたしがこんな状態ではなく、もしも人生の最盛期にあるのだとしたら、何ができただろう？　たとえば、いまから二十八年後だとしたら。色褪せたぴっちりしたジーンズを穿き、腹筋は硬く締まって、動きは豹みたいにすばしこく、一時的には不死身だったとしたら。ショアディッチからタクシーで年老いた父を連れてきて、トゥルーディの婦長じみた抗議には耳を貸さずに、この家に、蔵書室に、ベッドに落ち着かせるだろう。ウジ虫野郎の叔父の首根っこをつかんで、ハミルトン・テラスの枯れ葉だらけの側溝に投げこんでやるだろう。母親は、首筋にさっとキスをして、黙らせておいて。

だが、人生をもっとも大きく制約している現実がここにある——それはいつだって、いま、ここであり、けっしてほかのいつか、どこかではないということだ。いま、わたしたちはロンドンの熱波のなかでうだっており、ここ、ぐらつくバルコニーの上にいる。彼女がグラスに注ぎたす音が聞こえ、プラスチックのキューブがコロコロ鳴り、満足げというよりは不安そうに、そっとため息を洩らすのが聞こえる。四杯目である。わたしがそれに耐えられるくらい成長したと考えているにちがいない。実際、そうなのだけれど。わたしたちは酔っ払いそうになっている。というのも、いま、この瞬間に、彼女の愛人がケアンクロス社の窓のないオフィスで、自分の兄と話し合いをしているからである。

気を紛らすために、わたしは自分の思いを送り出して、彼らの様子をうかがおうとする。これはあくまでも純粋に想像力を働かせているだけで、なにひとつ現実ではないのだが。

無利子の貸付金が散らかった机の上に置かれている。

「彼女はほんとうに兄貴を愛しているんだが、ジョン、ほんのしばらくのあいだ来ないでほしいと思っている。わたしは信頼できる家族の一員として、そう伝えるように頼まれたんだ。兄貴たちの結婚を救うには、そうするしかないってことだろう。まあ。結局は、それでよかったってことになるだろうが……。で、ここの家賃の支払いが遅れてることにもっと早く気づくべきだったよ。しかし。イエスと言って、金を受け取ってくれ。彼女にスペースを与えてやってくれ」

それはふたりのあいだの机の上に置かれていた。薄汚れた五十ポンド札で五千ポンド。悪臭を放つ赤い紙幣の山が五つ。そのどちらの側にも詩集やタイプ原稿がいい加減に積み重ねられ、そのほかにも、削った鉛筆、あふれんばかりのガラス製灰皿が二個、スコッチのボトル、まだ一インチ残っているまろやかなトミントール、クリスタル製のタンブラーのなかには死んだ蠅が仰向けに転がり、未使用のティッシュの上にアスピリンが何錠か載っている。律儀な骨折り仕事のむさ苦しい痕跡。

たぶんこういうことではないか、とわたしは思う。父はむかしから自分の弟が理解できず、理解する価値があるとも思えなかったのだ。しかも、彼は対決するのが好きではない。だから、机の上の金をまともに見ようともしないのである。彼はただ家に戻りたい、妻やこどもといっしょにいたいと思っているだけだが、それを弟に説明しようという考えは思い浮かばないのだろう。

その代わり、彼は言った。「これがきのう届いたんだが、フクロウについての詩を聞きたくないかね？」

こういう的外れな気まぐれこそ、クロードがこどものころから毛嫌いしていたことだった。彼はかぶりを振りながら、〈いや、頼むから、それは勘弁してくれ〉と言いかけたが、手遅れだった。

父はすでに一枚のタイプ原稿を鱗に覆われた手に持っていた。

「血なまぐさい死を告げる夜まわり《ブラッド＝ワイズ・フェイタル・ベルマン》」と彼ははじめた。強弱三歩格が好きなのである。

「それじゃ、要らないんだね」と、弟がむすっとしてさえぎった。「わたしは別にいいんだけど」

そして、銀行員のイモムシみたいな指で札束をそろえ、その下端を軽く机に当てると、どこからともなく輪ゴムを取り出して、二秒後には銀ボタンのブレザーの内ポケットに金を戻していた。それから、暑さで気分が悪くなったような顔をして、立ち上がった。

父はすこしも急がずに二行目を読んだ。「その金切り声の残酷さに、奇妙な震えが背筋を走る《ウィー・クウェイントリ・スリル・トゥ・ア・シュリーキング・クルエルティ》」それから、読むのをやめて、穏やかに訊いた。「行かなきゃならないのかい？」

どんなに注意深い観察者でもこの兄弟の暗号めいたやりとりを、この束の間の交換の悲しさを読み取ることはできないだろう。交換レートは、規則はあまりにもむかしから決まっていて、いまさら改訂はできなかった。クロードのほうが相対的に金持ちだということは認識されていないにちがいない。彼はいつまでも無力な、抑圧された、憤激する弟でありつづけるだろう。父はいちばん身近な血縁者に困惑させられているのだが、たいして困惑しているわけではない。彼は自分の領地から出ることはなく、嘲笑しているように聞こえるかもしれないが、じつはそうではなかった。嘲笑するよりもっと悪かった。どうでもいいと思っているのだ。しかも、そう思っていることに本人はほとんど気づいていない。家賃のことも、お金のことも、クロードの申し出のことも、彼は気にかけていない。それでも、思いやりのある男なので、礼儀正しく立ち上がり、客を見送ることはする。だが、それが済んで、ふたたび机の前に坐りこむと、さっきそこにあった現金のことも、クロードのことも忘れてしまうのだ。その手にふたたび鉛筆がにぎられ、もう一方の手には煙草が戻ると、父にとって意味のあるただひとつの仕事、印刷業者に渡す詩の原稿の校正に没入して、それっきり顔を上げようともしないのである。夕方の六時になるまでは、ウィスキーの水割りの時刻になるまでは。もっとも、それにはまずタンブラーを傾けて、なかの蝿を捨ててからではあるけれど。

長旅から帰ってきたかのように、わたしは子宮に戻ってくる。バルコニーにはなんの変化もない。ただ、わたしがすこし余分に酔っているだけである。わたしの帰還を歓迎するかのように、トゥルーディはボトルの残りをグラスに空ける。キューブはもう冷たくなくなり、ワインはほとんど生ぬるいが、彼女は正しい。このワインは取っておけないから、いま飲みきってしまったほうがいい。かすかな風が相変わらずマロニエの葉を揺すり、夕刻に近づいて車が増えはじめている。太陽が傾くにつれ、暑さがひどくなったようだったが、わたしは暑さは気にならない。ソーヴィニョン・ブランの最後の一滴が到達すると、わたしはふたたび考えはじめた。わたしはしばらくここにいなかった。梯子もロープも使わずに鉄条網を乗りこえて、小鳥みたいに自由に、わたしのいま、ここから抜け出していた。わたしを制約する現実があるというのはほんとうではなかった。わたしはいつでも好きなときに抜け出して、クロードをこの家から追い出したり、オフィスにいる父を訪ねたり、愛情あふれる目に見えないスパイになれるのだ。映画でもこんなにうまくいくものかどうか？　それは見てからのお楽しみだけれど。ひょっとすると、こういう遊覧旅行を企画することで生計を立てられるかもしれない。それにしても、制約のある現実というのもなかなか興味深く、クロードが早く帰ってきて、実際に起こったことを報告してくれるのが待ち遠しかった。わたしの報告は間違っているにちがいないのだから。

母もやはり早く知りたがっていた。飲んでいたのがふたりでなければ、つまり、わたしがアルコールの一部を引き受けていたのでなければ、いまごろは床に倒れていたかもしれないが……。それから二十分後、わたしたちは家のなかに入って、蔵書室を通り抜け、ベッドルームへの階段をのぼっていった。この家のなかを裸足で歩きまわるときは、注意する必要がある。足の下でなにかがバリッという音を立て、母はギャッと悲鳴をあげて、ぐらりとよろめき、あわてて手摺りに手を伸ばした。なんとか体勢を立て直すと、そこに立ち止まって、足の裏を調べる。冷静に低く悪態をついたところを見ると、血が出てはいるが、たいしたことはなさそうだった。彼女は足を引きずってベッドルームを通り抜ける。オフホワイトの汚れたカーペット――だとわたしは知っている――に血の足跡を残しながら。このカーペットには脱ぎ捨てられた服や靴が散らばり、わたしが存在する以前に旅行したときのスーツケースが荷ほどきの途中で放置されている。

わたしたちは音が反響するバスルームに到着した。これまでに耳にしたところによれば、ここは広くて、不潔で、散らかし放題らしい。彼女は引き出しをあけ、ガサゴソ掻きまわして、もうひとつあけ、三つめで傷口に貼る絆創膏を見つけた。バスタブの縁に腰かけて、哀れな足を膝の上にのせる。苛立って小さなうめき声やあえぎ声を洩らしたのは、傷口が手の届きにくい場所だったからだろう。わたしが彼女の前にひざまずいて、助けてあげられればいいのだが。若くてスリムではあっても、わたしというふくらみに邪魔されて、かがみ込むのはむずかしかった。それならば、と彼女は考えた。硬いタイルの床にスペースをつくり、そこに坐りこんだほうがいいだろう。だが、それもそんなに簡単ではなかった。すべてわたしが悪いのである。

クロードの声が聞こえたのは、わたしたちがそんなところで、そんなことをしているときだった。階下からどなり声がした。

「トゥルーディ！　ああ、なんてことだ。トゥルーディ！」

あわててドスドス階段を駆け上がる音。もう一度彼女の名前を呼ぶ大きな声がしてから、クロードのゼイゼイいう呼吸音がバスルームに響いた。

「ばかげたガラスのかけらのせいで、足を切ったのよ」

「ベッドルームにずっと血痕がつづいていたぞ。わたしはてっきり……」わたしの終焉が訪れたものと期待した、とは口には出さなかった。その代わりに彼は言った。「わたしがやってやろう。その前に消毒したほうがいいんじゃないか？」

「貼って」

「じっとしていろよ」こんどは彼がうめき声とあえぎ声を洩らす番だった。それから、言った。「飲んでたのか？」

「いいから、貼ってよ」

ようやく貼りおえると、彼は手を貸して、彼女を立たせた。わたしたちはいっしょにぐらついた。

「やれやれ、どのくらい飲んだんだ？」

「グラスに一杯よ」

彼女はふたたびバスタブの縁に腰をおろした。

彼はベッドルームに出ていって、一分後に戻ってきた。「カーペットの血の染みは落とせないぞ」

「なにかでこすってみたら？」

「言ってるだろう、落とせないって。ほら。ここにも染みがある。自分でやってみるがいい」

クロードがこんな直接的な言い方をするのはほとんど聞いた覚えがなかった。「できる」と言ったあの夜以来。

母もいつもと違うのを感じとったのだろう。「どうしたの?」と訊いた。

するとCheck、彼はいかにも泣き言を洩らす口調で言った。

「兄貴は金を受け取ったが、礼を言いもしなかった。しかも、いいかね、ショアディッチのアパートを解約する予告をしたそうだ。ここに戻ってくるつもりなんだ。いくらきみが否定しても、兄貴はきみが自分を必要としていると言い張っている」

バスルームの木霊が消えていく。彼らが考えているあいだ、ふたりの息づかいを除けば、あるのは沈黙だけだった。わたしの想像では、じっと顔を見つめ合っているのだと思う。長いあいだ、たがいになにごとか言いたげに。

「そういうことさ」と、やがて、いつもの空虚な口調で、彼が言った。それから、ちょっと待ってから、つづけた。「それで?」

それを聞くと、母の心臓の鼓動がすこし速くなった。単に速くなっただけではなく、欠陥のある配管のうつろなノッキング音みたいに、どんどん大きくなっていく。腸のあたりでもなにかが起こっていた。腸の動きが活発になって、キイキイ引っ張るような音がする。さらに、もっと上の、わたしの両足の上のほうでも、曲がりくねった管のなかを液体がどこか知らないところへ流れこんでいく音がする。横隔膜が上下した。わたしは壁にいっそうぴたりと耳を押しつけた。雑音がどんどん大きくなるので、決定的な事実を聞き落としかねないと思ったからだ。

体は嘘をつけないが、心はそれとは別らしい。というのも、しばらくして母がしゃべりだしたとき、その口調は滑らかで、みごとにコントロールされていたからだ。「それでいいわ」

クロードはもっと近づいて、そっと、ほとんどささやくように言った。「しかし。きみはどう思っているんだ?」

彼らはキスをし、彼女は震えはじめる。彼が両腕を彼女の腰にまわすのをわたしは感じた。彼らはもう一度キスをして、音を立てずに舌を絡ませる。

彼女が言う。「怖いのよ《スケアリー》」

いつものふたりだけのジョークを返そうとして、彼が言う。「毛がこわい《ヘアリー》」

だが、彼らは笑えなかった。クロードが股間を彼女に押しつけるのをわたしは感じた。こんなときに興奮するなんて！　わたしがいかになにも知らないかである。彼女がファスナーを見つけて、引き下げ、愛撫しはじめると、彼の人差し指がショートパンツの下にもぐり込む。わたしは額のあたりを何度も押されるのを感じた。ベッドに行くことになるのだろうか? いや、ありがたいことに、そうはせずに、彼は質問をつづけた。

「決めるんだ」

「怖いの」

「しかし、話し合っただろう。半年後には、わたしの家にいて、銀行には七百万。赤ん坊はどこかへ養子にやって。しかし。何にするかだ。ううむ。何に?」

実際的な質問が彼の興奮を鎮めて、指を引っこめさせた。けれども、落ち着きかけていた彼女の心臓の鼓動は、彼の質問で跳ね上がった。セックスではなく、危険のせいで。彼女の血がわたしのなかで、遠い砲火みたいにズシンズシンと脈打ち、彼女が必死に選択しようとしているのがわかった。わたしは彼女の体の一器官であり、彼女の考えから切り離せない。彼女がやろうとしていることに加担するしかないのである。やがてようやく彼女が決心したとき、彼女がつぶやいた台詞は、たった一言の裏切りの言葉は、まだ使ったことのないわたしの口から出たかのようだった。ふたたびキスを交わしながら、彼女は愛人の口のなかにそれをささやきかけた。赤ん坊にとって初めての言葉。

「毒殺ね」

5

独我論ほどまだ生まれぬ子に似つかわしいものはないだろう。五杯の酔いを覚ますため、裸足のトゥルーディが居間の長椅子で眠りこみ、不潔なわが家が濃密な夜のなかを東に回転していくあいだ、わたしは母の〝毒殺〟だけでなく叔父の〝養子にやる〟についてもじっくりと考えてみた。ターンテーブルの上にかがみ込むDJみたいに、わたしはスクラッチ風に文句をひろい出す。「赤ん坊は……どこかへ養子にやって」何度も繰り返すうちに、言葉が磨かれて真実が剝きだしになり、わたしの未来がくっきり浮かび上がってくる。〝養子にやる〟というのは〝捨てる〟のインチキな同義語にすぎず、〝赤ん坊〟は〝わたし〟であり、〝どこかへ〟というのもごまかしだった。なんと冷酷な母親だろう！　それこそわたしは凋落し、破滅するしかないだろう。なぜなら、捨てられた赤ん坊が上流階級にひろわれるのはお伽噺のなかだけだからである。ケンブリッジ公爵夫人がわたしを養子にすることはないだろう。自己憐憫の単独飛行で、わたしが行き着く先は、母がときどき上の階のベッドルームの窓から悲しげに眺めている、低所得者向け高層アパートの十三階あたりでしかないだろう。彼女はじっと眺めながら、考える。とても近いのに、パキスタンのスワート渓谷みたいに遠い。そんなところでの暮らしを想像してみるがいい。

そうなのだ。本などはなく、コンピューター玩具と砂糖と脂肪と頭への平手打ちで育てられるのだ。実際、ピシャリと叩かれ《スワート》るのである。よちよち歩きのわたしの脳の柔軟性を育むために、お伽噺がベッドで読み聞かされることもない。現代のイギリス農民たちの、なんの好奇心ももたない精神世界。ユタ州のウジ飼育はどうなるのか？　哀れなわたし、坊主頭で、樽状胸の、哀れな三歳児。迷彩ズボンを穿き、テレビの噪音と副流煙の靄に埋もれている。養母の刺青のある、むくんだ足首がよたよたと通りすぎ、そのあとからしばしば変わるボーイフレンドの悪臭ふんぷんたる犬がついていく。最愛の父よ、わたしをこの絶望の谷間から助け出したまえ。わたしをいっしょに連れていってくれたまえ。〝どこかへ養子にやられる〟よりは、あなたといっしょに毒殺されるほうがまだましだ。

まさに典型的な妊娠後期のわがままである。わたしがイギリスの貧困層について知っていることは、すべてテレビや小説じみたまがい物の解説から来ている。わたしはなにも知らないのだ。それでも、貧困はあらゆるレベルでの剝奪を意味するのではないかというのがわたしのもっともな疑念である。十三階ではハープシコードのレッスンは受けられないだろう。もしもその代償が偽善だけで済むのなら、わたしはブルジョワの暮らしを買い取って、安い買い物だと見なすだろう。それだけではない。さらに穀物を買い溜めし、金持ちになって、紋章を手に入れるだろう。〈権利なきにしもあらず《ノン・サンズ・ドロイクト》〉（シェイクスピア家の紋章に記された銘）。わたしの権利は母親の愛を得る権利であり、これは絶対である。彼女の遺棄の企みをわたしが承諾することはない。追放されるのはわたしではなく、彼女のほうになるだろう。わたしはこのぬるぬるした紐で彼女を縛りつけ、誕生した暁には、まだ焦点の定まらぬ新生児の目でじっと見つめて、むりやり水兵として入隊させ、寂しいカモメの叫び声で彼女の心に銛《もり》を打ちこむだろう。そうすれば、その力ずくの愛でトゥルーディはわたしの変わることのない保護者になる年季奉公契約をさせられ、彼女の自由は水平線の彼方に消えていく祖国の海岸でしかなくなるだろう。彼女はクロードではなくてわたしのものになり、わたしを捨てたりすれば、それは自分の乳房を引きちぎって海に投げ捨てるのに等しい所業になるだろう。わたしだって冷酷になれるのである。

＊
＊
＊

こんなふうに、わたしは誇大妄想的なことを脈絡もなく考えていた。たぶん酔っ払っていたのである。やがて、彼女が何度目かのうめき声を洩らして目を覚まし、長椅子の下のサンダルを足でさぐった。わたしたちはいっしょに、足を引きずって湿っぽいキッチンに下りていき、不潔さがほぼ見えなくなっている暗がりのなかで、彼女は身をかがめて、長々と蛇口から冷たい水を飲んだ。相も変わらずビーチウェアのままだった。それから明かりをつける。クロードの姿はなく、メモもなかった。冷蔵庫のところに行って、期待しながらなかを覗く。冷たい光のなかに、宙でためらう彼女の蒼白い腕が浮かぶ――わたしのまだ未使用の網膜に映るイメージを想像したのである。わたしは彼女の美しい腕が好きなのだ。下の棚で、かつては生きていたが、いまや腐敗しているなにかが紙袋のなかでうごめいたように見え、彼女は思わず神を畏れるあえぎ声を洩らして、ドアを閉じた。それから、キッチンを横切って、乾物の戸棚のところへ行き、そこで塩味のナッツの袋を見つけた。やがて、彼女が愛人に電話する音が聞こえた。

「まだ家なの？」

ポリポリいう咀嚼音のせいで、男の声は聞こえない。

「それじゃ」相手の言うことをちょっと聞いてから、彼女が言った。「ここに持ってきて。相談する必要があるわ」

受話器を静かに置いたところを見ると、彼はこっちに向かっているらしかった。嫌な雲行きだった。しかも、これが初めてだったが、頭痛がする。額のまわりに派手なバンダナを巻かれたみたいに、彼女の脈に合わせて脳天気な痛みが踊っている。これを彼女も共有しているのだとすれば、鎮痛剤に手を伸ばすかもしれない。本来的には、痛みは彼女のものなのだから。だが、彼女は再度冷蔵庫に挑戦して、ドアの上のほうのアクリルの棚に、悪とおなじくらい古く、金剛石のように硬い、全長九インチのくさび形をした歴史的なパルメザンチーズを見つけた。もしも彼女が歯を食いこませられるなら、ナッツのあと、第二の塩の潮流が河口から押し寄せて、わたしたちの血液は塩分濃度の高い浸出液でどろどろになるだろう。水だ、彼女はもっと水を飲まなければならない。わたしの両手がユラユラとこめかみのほうに上がっていく。こんな不当なことがあるだろうか。まだ生まれてもいないのにこんな痛みに苦しめられるなんて。

そのむかし痛みから意識が生まれたという説を聞いたことがある。重大な損傷を防ぐため、単純な生き物ほど実際に感じた体験から自分固有の鞭や突き棒の回路を発達させる必要がある。頭のなかに赤い警告灯がともるだけではなく――それをだれが見るというのか？――実際に感じられる刺すような痛み、疼くような痛み、ズキズキする痛みが必要なのである。逆境がわたしたちに意識することを強制し、それがうまく機能している。火に近づきすぎたり、あまり必死に愛しすぎたりすれば、わたしたちは痛い目に遭う。そういうときに感じる感覚が自我の発明の端緒なのだ。それでうまくいくのなら、糞便には嫌悪感を催し、崖や見知らぬ人には不安をおぼえ、侮辱や好意を忘れず、セックスや食べることを好んでなぜ悪い？　苦痛あれ、と神が言われた。すると、詩が生まれたのである。結局のところは。

だとすれば、頭痛は、心痛は何の役に立つのだろう？　それはわたしに何を警告し、どうしろと言っているのか？　近親相姦を犯した叔父と母に父を毒殺させるな。逆さになった貴重な日々を無為に過ごすな。生まれて、行動せよ！

彼女はキッチンの椅子に腰をおろして、二日酔いのうめき声を洩らした。疾病のメロディは選べるが、午後中飲みつづけたあとの夜には、あまり多くの選択肢はない。じつは、ふたつしかないのである。後悔するか、それとも、もっと飲んで、そのあとに後悔するか。彼女は前者を選んだが、まだ時刻は早かった。チーズはテーブルの上にあるが、すでに忘れられていた。クロードは、母がわたしを生み落としたあと、億万長者の女になって住む予定の場所から戻ってこようとしていた。運転を覚えようとしたことはなかったので、タクシーでロンドンを横切ってくる。

わたしは彼女をあるがままの姿で、そう見えるにちがいない姿で見ようとする。子を宿している成熟した二十八歳。テーブルに突っ伏しているうら若い女。サクソン族の戦士みたいに三つ編みにした金髪。リアリズムでは手の届かない美しさ。わたしを除けばほっそりとしていて、裸に近い。両腕は、上腕が日のほとぼりの残るピンク色、キッチン・テーブルの上に――ひと月前の卵の黄身がこびりついた皿や、イエバエが毎日その上に反吐を吐いているトーストや砂糖のかけら、染みだらけの紙箱や汚れたスプーン、飛び散った液体が乾いて瘡蓋になったジャンクメールの封筒のあいだに――肘を置くスペースを探している。わたしは彼女を見ようとし、当然ながら愛そうとしており、さらに彼女が背負っている重荷を想像しようとしている。彼女が愛人にした悪党、捨てようとしている聖人、やることになっている行為、捨ててしまおうとしている愛しいこども。それでもわたしは彼女を愛しているのか？　それとも、初めから愛していなかったのか？　いや、わたしは愛していた、愛していたのだ。そして、いまでも愛している。

　チーズのことを思い出し、いちばん手近な道具に手を伸ばして、なんとか突き刺す。ポロリと小片がかけ落ちて、それがいまや口のなかに。干からびた岩のかけらをしゃぶりながら、彼女は自分が置かれている状況について考える。何分かが過ぎる。よくない、とわたしは思う、彼女の現状は。いま食べている塩は彼女の目や頬のために必要なのだから、血がたいして濃くなることはないにしても。母親の泣き声を聞くと、こどもは心を引き裂かれる。彼女がいま対峙しているのは自分がつくりだした答えのない世界、自分が同意したすべてであり、新しい諸々の役割なのだ。もう一度列挙すれば――ジョン・ケアンクロスを殺し、彼の生得権を売り払って、その金を山分けすること。そして、こどもを捨てること。泣きたいのはわたしのほうである。しかし、胎児というのは真面目くさった禁欲主義者、水中に没した仏陀であり、無表情なのだ。われらが格下の同胞、泣き叫ぶ赤ん坊は認めないだろうが、すべての底には涙があることをわたしは認める。〝世の出来事には涙がある《スント・ラクリマエ・レールム》〟（ウェルギリウスの叙事詩『アエネイス』）。幼稚に泣きわめくのはまったくの的外れでしかない。大切なのは待つこと。そして、考えることなのだ！

愛人が玄関に入ってくる物音が聞こえるころには、彼女は元気を取り戻していた。彼は大きすぎるブローグ——彼女はそういう靴を彼に履かせたがる——でゴミをけとばしながら、悪態をついていた（彼は合鍵をもっており、呼び鈴を鳴らさなければならないのはわたしの父のほうだった）。クロードは地下のキッチンに下りてくる。ガサゴソいう音は食料品のポリ袋か、人殺しの道具か、それともその両方か。

すぐに彼女の状態が変化したことに気づいて、彼が言った。「泣いてたんだな」

心配するというよりは事実を述べる、あるいは命令するような口調だった。彼女は肩をすくめて、横を向いた。彼は袋から瓶を取り出して、彼女からラベルが見える位置に、ドスンと置いた。「二〇一〇年のキュヴェ・レ・カイヨット・サンセール・ジャン＝マックス・ロジェだ。覚えてるだろう？　この男の隣人のディディエ・ダグノーが飛行機事故で死んだんだが」

彼は死について語っているのだった。

「冷えている白なら、わたしは好きよ」

彼女は忘れていた。ウェイターがぐずぐずしてキャンドルに火を点けていなかったレストラン。あのとき、彼女はそれが好きだったし、わたしはもっと好きだった。いま、コルクが抜かれ、グラス——清潔であることをわたしは祈った——がチリンと音を立て、クロードがワインを注いでいる。断るわけにはいかないだろう。

「乾杯《チアーズ》！」彼女の声がたちまち柔らかくなった。

もう一杯お代わりしてから、彼が言った。「どうしたんだ？」

話しはじめると、彼女は喉が詰まった。「うちの猫のことを考えていたの。わたしは十五歳だった。ヘクターという名前の、やさしい年寄りの猫。家族のお気にいりで、わたしより二歳年上だった。黒猫で、足と胸のところだけ白だったの。ある日、わたしがひどい気分で学校から帰ってくると、乗ってはいけないキッチン・テーブルに彼が乗っていた。食べものを探していたのね。わたしがバシッと叩くと、彼はテーブルから吹っ飛んで、老いさらばえた骨がグシャッという音を立てて床に落ちたの。それから、何日も姿が見えなくなった。わたしたちは木や電柱にポスターを貼ったんだけど、しばらくしてから、だれかが塀のそばの枯れ葉の山に横たわっているのを見つけたの。そこまでそっと這っていって死んだのよ。かわいそうな、かわいそうなヘクター。骨みたいに硬くなっていた。ずっと黙っていたんだけど、言う勇気がなかったんだけど、自分ではわかっていたの。彼を殺したのはわたしだったんだって」

では、あくどい企みはやめるのか、純真さを失ったわけではなかったのか、こどもを捨てるなんてことはしないのか。彼女はふたたび泣きだした。こんどは前よりもさらに激しく。

「もともと死にかけていたんだ」とクロードが言う。「きみのせいだったのかどうかわかるものか」

いまや彼女は泣きじゃくっていた。「わたしよ、わたしよ、わたしのせいだったのよ！　ああ、神様！」

わかっている、わかっている。どこで聞いたんだっけ？——〈母親を殺すことはできるが、灰色のズボンは穿けないんだな〉（J・ジョイス『ユリシーズ』第一挿話）いや、もうすこし寛大になろう。若い女なのだし、腹も胸もはち切れんばかりにふくれて、神に命じられた痛みが間近に迫っており、そのあとには乳と糞便がつづき、ぞっとしない務めの新領土を眠れずにのろのろ歩きながら、容赦ない愛情に人生を盗まれることになるはずで——しかも、老いた猫の亡霊がその白い足でそっと忍び寄ってきて、盗まれたおのれの命の報復を要求しているのだから。

たとえそうだとしても。この女には、涙を流しながらも、冷やかに企んでいることがあるのだが……。いまそれをあげつらうのはやめよう。

「猫はひどく厄介なことがある」ちょっと助け船を出すような口ぶりで、クロードが言う。「家具で爪を研いだりするからな。しかし」

それ以上はなにも否定的なことは付け加えなかった。わたしたちは彼女が泣きやむのを待った。それから、またお代わり。当然だ。何杯か飲み干し、どっちつかずの間が空いて、それからふたたび彼が袋をガサゴソやって、別のヴィンテージ物を取り出した。テーブルに置いたときあまり音がしなかった。ペットボトルだからである。

こんどはトゥルーディがラベルを読んだが、声には出さなかった。「夏なのに?」

「不凍液にはエチレングリコールが入っている。なかなかのものだ。近所の犬をこれで始末したことがある。大きすぎるシェパードで、朝から晩まで吼えるから、頭に来たんだ。それはともかく。無色、無臭で、味もいい。ちょっぴり甘いんだ。スムージーに入れるのにはうってつけだ。ふふん。腎臓がやられて、激痛がする。小さな尖った結晶の破片が細胞を切り刻むんだ。酔っ払ったみたいにふらふらになって、ろれつがまわらなくなるが、アルコールの臭いはしない。吐き気、嘔吐、過呼吸、痙攣、心臓発作、昏睡、腎不全。時間はかかるけど、それで一巻の終わりだ。だれかが治療して邪魔立てしないかぎりは」

「痕跡が残るの？」

「痕跡が残らないものはない。むしろ有利な点を考えるべきだ。たとえ夏でも、手に入りやすいし。カーペット・クリーナーでも用は足りるが、あまり味がよくない。これは飲ませるのは楽だし、喜ばれること請け合いだ。ただ、効き目が現れるとき、きみがその場に居合わせないようにする必要がある」

「わたしが？　で、あなたは？」

「心配はいらない。わたしは離れているつもりだから」

訊いたのはそういう意味ではなかったが、母はなんとも言わなかった。

6

トゥルーディとわたしはまた酔いがまわっていい気分になっていたが、あとからはじめたクロードは体が大きいこともあって、ペースを上げなければならなかった。彼女とわたしがサンセールの二杯目を分かち合っているうちに、彼はボトルの残りを飲み干して、ポリ袋からこんどはブルゴーニュ酒を取り出した。グリコール入りの灰色のペットボトルは空き瓶の隣に、わたしたちの酒盛りの見張りみたいに、あるいは死の警告《メメント・モリ》みたいに立っていた。刺すような白のあとでは、ピノ・ノワールは心を癒してくれる母親の手みたいだった。ああ、こんなブドウが存在する時代に生きていられるなんて！　花の香り、平和と理性の芳香《ブーケ》。だれも声に出してラベルを読もうとしないので、推測するしかなかったが、ひょっとしたらエシェゾー・グラン・クリュあたりか。クロードのペニスか、それよりはまだましな拳銃をこめかみに押しつけられて、ドメーヌを言えと脅迫されたら、スパイシーなカシスとブラック・チェリーの味わいからだけでも、わたしならロマネ＝コンティと口走るかもしれない。かすかなスミレと繊細なタンニンが、熱波で傷められることのなかった、あのけだるい温和な二〇〇五年の夏を思わせる。もっとも、からかうような隣室からのモカの香り、それよりもっと近い熟しきったバナナの香りが、二〇〇九年のジャン・グリヴォのドメーヌを呼び起こすと言えなくもないのだが。だが、わたしがそれを知ることはないだろう。文明の頂点でつくりだされた複雑な香りの不吉なアンサンブルが、わたしに到達し、わたしを通過していくとき、ふと気づくと、わたしは恐怖のただなかで、じっと考えこんでいた。

　自分が無力なのは一時的なことではないのかもしれない、とわたしは思いはじめていた。人間がもちうるありとあらゆる力をわたしに与えよ。そこから彫琢された筋肉と冷やかにじっと見つめる視線をもつ若い豹を取り出して、いちばん極端な方策を取るように仕向けるがいい――叔父を殺して自分の父親を救うのだ。彼の手に武器を、タイヤレンチか凍らせた子羊の脚肉を持たせて、叔父の椅子の背後に立たせれば、不凍液が目に留まって、激しく駆り立てられるだろう。みずからに問いかけるがいい。彼に――わたしに――それができるかどうか。その毛の生えた頭蓋を打ち砕いて、灰色の中身を不潔なテーブルにぶちまけられるか？　それから、唯一の目撃者である母を殺して、ふたりの死体を地下のキッチンで処分するのは、夢のなかでしかできない仕事だろうか？　さらに、そのあとで、キッチンをきれいに掃除する――それもやはり不可能な仕事だろうか？　そのうえ、刑務所のことも考えておかなければならない。頭がおかしくなるほどの退屈、ほかの人間たちがうようよいて、しかもまったく好ましい人間たちではない。おまえより逞しい同房者でさえ三十年間、一日中昼間のテレビを見たがるだろう。そんな男を怒らせたいと思うだろうか？　そして、そいつが黄ばんだ枕カバーに石を詰めこんで、ゆっくりとおまえのほうに、おまえの頭蓋に目を向けるのを見ていられるだろうか？

あるいは、最悪のケースを考えてみるがいい。すでに行為が実行されてしまった場合である――腎臓細胞の最後のひとつまで毒物の結晶によって剝ぎ取られ、父が心臓も肺も自分の膝の上に吐き出してしまっている場合。断末魔の苦しみから昏睡へ、そして死へ。敵討ちというのはどうだろう？　わたしの分身《アバター》は肩をすくめてコートに手を伸ばし、出ていきながら、現代の都市国家《ポリス》では名誉殺人などというものの出る幕はないとつぶやくだろう。彼の言うことを聞いてみよう。

「自分自身で法の裁きをくだす――というのは古臭いやり方で、古くから反目をつづけるアルバニア人の氏族やイスラムの部族のあいだに残っているくらいだ。復讐はもはや通用しない。ホッブズは正しかったのだ、わが若き友よ。いまや国家が暴力を独占し、わたしたちみんなに畏怖を抱かせる権力をもつのでなければならない」

「それでは、親切なるアバターよ、その巨大海獣《リヴァイアサン》に電話して、警察を呼んで、彼らを調べてもらってくれ」

「しかし、何を調べろと言うんだ？　クロードとトゥルーディのブラック・ユーモアをか？」

巡査「で、テーブルのこのグリコールは、マダム？」

「配管工に勧められたんです、お巡りさん。うちの旧式の暖房機《ラジエーター》が冬に凍りつかないように」

「それなら、親愛なるわが将来の最善の自己よ、ショアディッチへ行って、わたしの父に警告し、知っているすべてを教えてやってくれ」

「彼が愛し崇拝している女《ひと》が彼を殺そうとしているって？　どうやってわたしにそんなことがわかったんだ？　彼らの寝物語にわたしも加わっていたとか、ベッドの下に隠れていたとでも言うのかね？」

強力かつ有能な理想的存在でさえこうなのである。だとすれば、わたしごときに何ができるだろう？　目が見えず、口もきけないまま、逆立ちしているこのわたしに。まだこどもにもなれず、依然として母親のもとで暮らしており、動脈と静脈を束ねたエプロンの紐で人殺しになるはずの女に結びつけられているこのわたしに。

だが、シーッ！　共謀者たちがなにか言っている。

「すこしも悪いことじゃない」とクロードが言う。「彼がすごくここに戻りたがっているというのは。いちおう抵抗するふりをして、それから好きにさせてやればいい」

「そうね」と、冷ややかかつ皮肉な口調で、彼女が言った。「そして、歓迎のスムージーを作ってやればいいというわけね」

「おれはそうは言わなかった。しかし」

しかし、ほとんどそう言いかけていた、とわたしは思う。

彼らはしばらく黙って考えていた。母が自分のグラスに手を伸ばす。彼女が飲むと、喉頭蓋がグビッと上下して、液体が通常の通路に流れこみ、ほとんどなんでもそうなるのだが、わたしの両足の足裏をかすめて奥に流れていってから、わたしのほうにやってくる。どうして彼女を嫌うことができるだろう?

彼女はグラスを置いて、言った。「彼をここで死なせるわけにはいかないわ」

彼女はわたしの父の死をあまりにも軽々しく口にする。

「そうだな。ショアディッチのほうがいい。きみが訪ねていけばいい」

「で、むかしのよしみで、年代物の不凍液のボトルを持っていくわけ?」

「ランチを持っていくんだ。スモーク・サーモン、コールスロー、フィンガーチョコレート。それから……例のやつ」

「ハアアルグ!」母が懐疑を爆発させた音を描写するのはむずかしい。「彼を見棄てて、自分の家から追い出して、愛人をつくって《テイク・ア・ラヴァー》おいて、それから、彼にランチを持っていくですって!」

〝愛人をつくる〟と言われたときの叔父の不快感はわたしにさえわかった。まるで不特定多数の愛人のひとり、これからもまだつくるつもりの愛人のなかのひとりとでも言わんばかりだった。この〝take《つくる》〟、この〝a《ひとりの》〟! かわいそうに。彼はなんとか役に立とうとしているだけだったのに。彼が向き合っているのは若くて美しい、金髪を三つ編みにした女で、ビキニの上半身に下はショートパンツで、うだるようなキッチンに坐っていた。ふくらんだ、極上の果物みたいな女、けっして失いたくない獲物だったのである。

「そうじゃない」と彼はとても慎重に言った。自尊心を傷つけられたせいで、声が一段高くなっていた。「これは和解なんだ。罪滅ぼしをしようってわけだ。彼に戻ってきてほしい、またいっしょに暮らしたいと頼むんだ。和解のための贈り物みたいなもので、そのお祝いをするために、テーブルクロスをひろげる。幸せになろうってわけさ！」

それに対する報酬は彼女の沈黙だった。彼女は考えていたのである。わたしもそうだったけれど。むかしからの相も変わらぬ疑問。クロードは実際どこまで馬鹿なのだろう？

勢いづいて、彼はつづけた。「フルーツ・サラダでもいいかもしれない」

彼のつまらなさには詩心がある。凡庸さを生き生きしたものにする一種のニヒリズム。あるいは、それとは逆に、このうえなく卑劣な考えを無力化する凡庸さ。ただし、彼はそれをさらに上まわることがあり、五秒間じっと考えたあと、それを実行した。

「アイスクリームは論外だけど」

わかりやすい常識だが、言っておく価値はある。だれが不凍液でアイスクリームを作るだろう、あるいは、作れるだろう？

トゥルーディはため息を洩らして、つぶやくように言った。「ねえ、クロード、わたしもかつては彼を愛していたのよ」

わたしが想像するとおりの彼女が彼の目にも映っているのだろうか？　緑色の瞳がどんよりとして、またもう一度、早くも涙の粒がすっと頬を流れ落ちる。湿ったピンク色の肌。編んだ髪からほつれた細い毛が、天井灯で逆光になり、明るいフィラメントみたいに光っている。

「出逢ったとき、わたしたちは若すぎたのよ。知り合うのが早すぎたっていう意味だけど。陸上競技場だった。彼はクラブの代表として槍投げに出場して、地元の記録を破ったの。彼が槍を持って走るのを見ていると、わたしは膝ががくがくしたものだったわ。ギリシャの神みたいだった。一週間後、彼はわたしをドゥブロヴニクへ連れていってくれたのよ。部屋にはバルコニーすらなかったけど。美しい町だそうよ」

キッチンチェアが落ち着かなげに軋る音が聞こえた。クロードの目に浮かんでいるのは、ドアの外に積み重ねられたルームサービスのトレイ。見たくもないベッドルームの乱れたシーツ。化粧合板のドレッシング・テーブルの前に坐っている半裸の十九歳。その完璧な背中、その膝にかけられている洗濯で薄くなったタオル――恥じらいに別れを告げる黙礼。ジョン・ケアンクロスは妬ましげに排除され、きっちり画面から外されているが、それでも巨大で、しかも裸だった。

愛人の沈黙を気にもかけずに、トゥルーディはしだいに早口に、うわずった声になり、しまいには喉が詰まって口をつぐんだ。「長いあいだずっとこどもをつくろうとしていたのに。それがちょうど、ちょうど……」

ちょうど！　なんの意味もないお飾りの副詞！　彼女がわたしの父や詩に飽きたころには、わたしは追い出すにはあまりにもしっかりと居着いていた。猫のヘクターのために泣いたのとおなじように、彼女はいまジョンのために涙を流している。こんな性格なら、二度目の殺生はできないかもしれない。

「ふふん」しばらくすると、クロードが慰めにもならないことをつぶやいた。「こぼれたミルクはもとに戻せないとか言うからな」

ミルクだって！　血液を糧とする胎児にとっては、胸がむかつく代物だ。とりわけワインのあとでは。とはいっても、それがわたしの未来であることに変わりはないけれど。

ランチのアイディアを説明できるようになるまで、彼は忍耐強く待っていた。これは仕方のないことなのだ。ライバルのために彼女が泣くのを聞かされるのは。それとも、そうしながら、精神を集中させようとしているのだろうか。彼は指先でテーブルを軽く叩いている。いつもの癖のひとつである。立っているときには、ポケットのなかで鍵の束をじゃらつかせたり、意味もなく咳払いをするのだが。自分では気づいていない、こういう仕草には不気味なところがあり、クロードにはかすかに硫黄の臭いがまとわりついている。しかし、いまのところ、わたしたちはひとつである。わたしもやはり待っているからだ。芝居の結末を知りたがる人みたいに、彼の計画をどうしても知りたいという病的な好奇心に悩まされている。だが、彼女が泣いているあいだは、詳細の説明はできなかった。

一分後、彼女は洟をかんで、しゃがれ声で言った。「それはともかく、いまは彼を憎んでいるわ」

「彼はきみを不幸にしたんだ」

彼女はうなずいて、もう一度洟をかんだ。それから、彼が口先で繰り広げるパンフレットにわたしたちは耳を傾けた。彼の話し方は、彼女がよりよい生活に向かう手助けをする戸別訪問の福音伝道者みたいだった。重要なのは、最後の決定的な訪問の前に、母とわたしが少なくとも一度はショアディッチを訪ねることだ、と彼は言う。彼女がそこに来たことを鑑識の目から隠せる可能性はない。だから、彼女とジョンがまた友好的な関係に戻っていたことを確認できるようにしておいたほうがいい。

彼が言うには自殺に見えるようにする必要があり、たとえば、味がよくなるように、ケアンクロスが自分で毒入りカクテルを作ったことにしなければならない。したがって、最後に訪問するときには、彼女はグリコールの空き瓶と店で買ったスムージーを置いてくるようにする。これらの容器にはどちらも指紋を残さないようにしなければならない。指先にワックスを塗っておく必要があるが、彼がちょうどいいものを持っている。すごくいいやつだ。ジョンのフラットを出る前に、彼女はランチの残りを冷蔵庫に入れておく。その包装や容器にもやはり指紋がつかないようにしなければならない。彼がひとりで食事をしたように見せかけるためだ。遺産の受取人として、彼女は調査の対象になるだろうし、共謀者がいないかどうか疑われるだろう。だから、クロードの痕跡は、とりわけベッドルームやバスルームからは完璧に、髪の毛一本皮膚のかけら一片まで、消し去っておく必要がある。もはや尻尾を振っていない、頭もじっと動かない、精子の最後の一匹まで、と彼女が考えているのをわたしは感じる。それにはかなり時間がかかるだろう。

クロードはつづけた。彼女が彼にかけた電話を隠すことはできないだろう。電話会社に記録が残っているだろうから。

「しかし、忘れないでほしいが、わたしは単なる友だちなんだからね」

この最後の言葉が彼には高くつくことになる。とりわけ、わたしの母が教理問答《カテキズム》みたいにそれを繰り返したとき。わたしも気づきはじめていたように、言葉にすることで現実になるものもあるからだ。

「あなたは単なる友だちなのね」

「そうだ。ときどき立ち寄って、おしゃべりをする、義理の弟。ちょっとした手助けをしたりするが、ただそれだけだ」

彼の説明はごく淡々とした口調だった。まるで生活のために毎日、兄弟や夫を殺しているかのように。血まみれのエプロンを家族の洗濯物のシーツやタオルといっしょに洗う、目抜き通りの正直な肉屋みたいに。

トゥルーディが「でも――」と言いかけたが、クロードがそれをさえぎって、ふいに思い出したことを話しだした。

「見たかい？　わたしたちの通りの家だが、おなじ側で、おなじ大きさ、おなじような状態の家が八百万で売りに出されているぞ！」

母は黙ってその言葉を吸収していた。この〝わたしたちの〟という部分を。

ほら、見るがいい。わたしたちは父をもっと早く殺さなかったことでさらに百万ポンド儲けたわけだ。運勢は自分で切りひらくものである、というのはなんと正しい格言だろう。（クロードの口癖に倣って）しかし。わたしは殺人についてはまだあまり詳しくはない。それでも、彼の計画は肉屋よりパン屋を思わせた。生焼けなのだ。グリコールのボトルに指紋がないのは疑わしいことではないのか。気分が悪くなったとき、父がすぐに救急車を呼ばない保証はあるのか？　胃が洗浄されて、もうだいじょうぶだということになるかもしれないが、そうしたら、どうするのか？

「家の値段はどうでもいいわ」とトゥルーディが言う。「それはあとのことなんだから。それより重要な問題は、お金を山分けにする気なら、あなたはどんなリスクを取るのか、どれだけ危険に身をさらすつもりなのかということよ。もしもなにかがうまく行かなかったら、わたしは刑務所行きになる。でも、ベッドルームからあなたの痕跡を消してしまったら、あなたはどこにいることになるの？」

わたしは彼女のあからさまな言い方に驚かされた。それから、喜んだ、とまでは言えないが、その期待を抱いた。お腹のなかですっとなにかが解ける感じがした。悪党たちが仲間割れして、すでに使いものにならない陰謀がいよいよ駄目になり、わたしの父が救われるかもしれない。

「トゥルーディ、わたしはどの段階でもきみといっしょだ」

「あなたは安全で、気楽だわ。アリバイがあるし、完全に否認できるんだから」

彼女はそんなことを考えていたのか。わたしが知らないところで。残忍冷酷な女である。

クロードが言う。「問題は――」

「わたしの望みは」と、わたしの母が憤然として言い、わたしは自分の周囲の壁が硬くなるのを感じた。「あなたがこれに結びつけられていることよ、全面的にね。もしもわたしが失敗したら、あなたも失敗すること。もしもわたしが――」

ドアベルが鳴った。一度、二度、三度。わたしたちはギョッとして凍りついた。わたしの知るかぎり、こんな遅くにだれかが訪ねてきたことはなかった。クロードの計画はあまりにも見込みがないので、すでに失敗してしまったのだろう。警察がやってきたのだから。ほかのだれがこんなに執拗にベルを鳴らすだろう。キッチンにはずっと前から盗聴器が仕掛けられていて、すべてを聞かれてしまったのだ。トゥルーディの言ったとおりになり、わたしたちは全員刑務所行きになるだろう。〈塀の中の赤ちゃんたち〉というおそろしく長いラジオ・ドキュメンタリーをずっと以前、ある午後に、聴いたことがある。アメリカでは、殺人罪で服役している授乳中の母親は、監房で赤ちゃんを育てることを許されるのだという。これは文明の進化として紹介されていた。しかし、わたしはこう思ったのを覚えている。その赤ちゃんたちはなにも悪いことをしていないのだ。自由にしてやるがいい！　いや、まあ。アメリカでの話にすぎないけれど。

「わたしが出る」

彼が立ち上がり、キッチンのドアのそばの壁に付いているドアフォンのモニターに歩み寄って、画面を覗きこんだ。

「きみの旦那だ」と彼はけだるそうに言った。

「まあ」わたしの母は口をつぐんで考えた。「居留守を使っても無駄だわ。あなたはどこかに隠れたほうがいい。洗濯室かどこかに。彼はけっして――」

「だれかといっしょだ。女だ。若い女。まあ、きれいなほうだな」

また沈黙が流れた。ベルがふたたび鳴った。もっと長々と。

母の声は、緊張してはいるが、平静だった。「それじゃ、行って、なかに入れて。ただ、クロード、ねえ、あなた。そのグリコールのボトルは片付けておいてちょうだい」

7

ある種の物書きやアーティストは、生まれる前の赤ん坊のように、限られたスペースのなかで活躍する。彼らの題材が限定されていることで、困惑したり失望したりする人たちもいる。十八世紀の貴族同士の恋愛、帆の下での生活、しゃべるウサギ、野ウサギの彫刻、肥った人々の油彩、犬の肖像、馬の肖像、貴族の肖像、横たわる裸体。何百万というキリスト降誕、キリストの磔刑、聖母マリアの被昇天、鉢のなかの果物、花瓶の花。さらに、オランダのパンやチーズ。横にナイフが置かれていることも、いないこともある。散文で自分自身にばかり夢中になっている人たちもいる。科学者のなかにも、アルバニア・カタツムリに生涯を捧げる者がいるかと思うと、ウイルスに夢中になる者もいる。ダーウィンは八年間もフジツボに費やし、しかも経験豊かな後半生には、ミミズに没頭した。ヒッグス粒子はきわめて微小で、物でさえないかもしれないが、何千人という人たちが生涯をかけて追究している。胡桃《くるみ》の殻に閉じこめられて、二インチ幅の象牙（J・オースティンは自分の作品を「二インチ幅の象牙」の世界と呼んで謙遜した）や一粒の砂のなかに世界を見ることもあるだろう。すべての文学が、すべての芸術や人間の活動が、可能性の宇宙のなかのほんの一点にすぎず、しかも、その宇宙すら無数の実在する宇宙および存在可能な宇宙のなかの一点でしかないのだから。

だとすれば、フクロウの詩人でもいいのではないか？

足音で彼らであることがわかった。キッチンへのオープン階段をまず下りてきたのがクロード、それからわたしの父、そのあとから契約を交わしたばかりの父の友人のハイヒール。たぶんブーツだろうが、森林地帯のフクロウの生息地を歩きまわるのには理想的とは言えないだろう。夜からの連想だが、ぴっちりした黒のレザー・ジャケットにジーンズというでたちで、若くて、色白で、きれいで、自分というものをしっかりもっている女だと思いたい。わたしの胎盤は、枝分かれした無線アンテナみたいに絶妙に調整されているので、母が即座に嫌悪感を抱いたことを知らせる信号を受信した。不穏当な考えがトゥルーディの脈を乱し、はるか彼方のジャングルの村から響いてくる、これまでにない不吉な太鼓の音が所有欲、怒り、嫉妬心を告知していた。面倒なことになるかもしれない。

わたしは父のためにもこの訪問者を弁護しなくてはならないと感じていた。彼女のテーマはそんなに狭量なわけではない。フクロウはヒッグス粒子やフジツボより大きいし、二百以上も種類があって、たいていは不吉な前ぶれとしてではあるけれど、民間伝承にもよく登場する。トゥルーディは本能的に確信しているようだったが、わたしは疑念を抱いていた。わたしの父は間抜けでも聖人でもなく、自分の愛人を紹介することで、母には身のほどを（つまり、彼女はすでに過去の人間であることを）思い知らせ、弟にはその破廉恥な行為をなんとも思っていないことを教えるために、やってきたのだろうか。それとも、彼は思っていたよりももっと間抜けで、あまりにも聖人そのもので、ただ社交的な隠れ蓑として詩人のひとりを慎ましやかに引き連れて立ち寄ったにすぎず、そうやってトゥルーディが許すかぎり、できるだけ長く彼女のもとにいたいと思っているだけなのか。あるいは、そのどちらをも超えた、なんだかよくわからない動機からやってきたのだろうか。少なくともいまのところは、母の直感に従って、この友人を父の愛人と見なしておくほうがわかりやすかった。

世間話の仕方を知っているこどもはいないし、胎児ならばなおさらで、そもそもそんなものを知りたいとも思わないだろう。それは大人が考案したもので、退屈と欺瞞——今回のケースではおもに後者——に満ちた約束事なのだから。ためらいがちに椅子を引く音、そのあとワインが勧められ、コルクを抜く音がして、クロードが暑さについてなにか言うと、父は口のなかで曖昧にもぐもぐと同意した。兄弟のあいだの途切れがちなやりとりが、この訪問客が通りがかりに立ち寄ったという嘘を浮き彫りにしていた。詩人がエロディという名前だと紹介されたときにも、トゥルーディは黙ったままだった。既婚のふたりとその愛人たちがテーブルをかこんで乾杯しているという優雅な社交的構図――壊れやすい現代生活の活人画《タブロー・ヴィヴァン》については、だれもなんとも言わなかった。

わたしの父は、弟が自分の家のキッチンにいて、ワインをあけ、ホスト役を演じているのを見ても動じる気配がなかった。だとすれば、ジョン・ケアンクロスはすこしも間抜けでも、何も知らない寝取られ男でもなかったのではないか。過小評価されているわたしの父は穏やかにワインを口に運びながら、トゥルーディに気分はどうかと尋ねた。疲れすぎていないといいのだが。これはちょっとした皮肉、性的な仄めかしかもしれなかった。悲しそうな口調は消えて、よそよそしい、皮肉なそれになっていた。欲望が満たされたのでないかぎり、こんなふうにのびのびとはできないだろう。トゥルーディとクロードは、殺されるはずの当人がなぜここに来て、何を望んでいるのか知りたがっているにちがいなかったが、それを訊くわけにはいかなかった。

その代わり、近くに住んでいるのか、とクロードがエロディに訊いた。いいえ、近くではない。彼女はデヴォンに、ある農場の、川のそばの、小屋に住んでいるのだという。そう答えることで、ロンドンではジョンのショアディッチのシーツのあいだで夜を過ごしている、とトゥルーディに教えたかったのかもしれない。彼は自分のものだと言いたいのだろう。わたしは彼女の声が気にいった。いわば、オーボエを人間の声にしたような声。かすかにしゃがれていて、母音はガアガアいうアヒル、語句の終わりはゴロゴロうなるような音になる、アメリカの言語学者が〝ヴォーカル・フライ〟と名づけたしゃべり方だ。これは西欧全体に広まりつつあって、ラジオでも話題になっており、原因は不明だが、洗練されたしゃべり方だとされ、若い高学歴の女性に多い。楽しい謎である。こういう声なら、彼女はわたしの母に対抗できるかもしれない。

父の態度には、きょうの午後、弟が現金五千ポンドを目の前に差し出したことを思わせるところはすこしもなかった。これっぽっちの感謝の念もない、むかしから相も変わらぬ弟を見下す態度。これはクロードの古くからの憎しみを掻き立てるにちがいない。わたしだって、仮定的ではあるけれど、恨みになるかもしれないものを掻き立てられたのだから。彼は恋に破れた愚か者だと思っていたが、もしもクロードに我慢できなくなり、両親に縒りを戻させることにも失敗したら、少なくともしばらくは、父といっしょに暮らすことになるかもしれない、とわたしはずっと考えていた。少なくとも自立できるようになるまでは。しかし、この詩人がわたしを受けいれるとは思えなかった――ぴっちりした黒のジーンズとレザー・ジャケットは母性的ないでたちとは言えないだろう。それが彼女の魅力のひとつではあるとしても。わたしの狭量な意見では、父はひとりでいるほうがよかった。色白の美しさや自信に満ちたアヒル声はわたしの味方にはなりえない。もっとも、ふたりのあいだにはなにもないのかもしれないし、わたしは彼女が気にいってはいるのだが。

クロードが言った。「小屋？　農場の？　それはすてきだ」エロディはその都会的なゴロゴロいう声で、花崗岩の大岩のまわりを泡立てて流れる、暗く激しい川のほとりの、Aフレームの小屋を描写した。向こう岸に渡るには危なっかしい歩行者専用の橋があるだけで、ブナやカバノキの薪炭林があり、林のなかの明るい空き地にはアネモネやキンポウゲ、ブルーベルやトウダイグサが咲き乱れているという。

「自然派詩人には完璧ですね」とクロードが言う。

あまりにも当然かつ凡庸な言い草だったので、エロディはたじろいだが、彼はかまわずつづけた。「そのすべてがロンドンからどのくらいのところにあるんですか？」

この〝すべて〟というのはなんの意味もない川や岩や木々や花々のことだった。勢いをくじかれて、彼女は語尾をゴロゴロいわせることもできなかった。「二百マイルくらいです」

最寄りの駅はどこで、そこまで何時間かかるのかと訊かれるのだろう、と彼女は思った。訊いておいて、すぐに忘れるに決まっているが。それでも、彼はそれを訊き、彼女は答えて、わたしたち三人は、あきれた顔も退屈そうな顔もせずに、それに耳を傾けた。わたしたちはみんな、それぞれ別々の立場からだが、言われていないことのほうに心を奪われていた。この愛人たちが――もしもエロディもそうならばだが――、婚姻の部外者であるふたりの当事者が、この家庭を吹きとばす二重の爆薬になるのだろう。そして、わたしは宙に、いや、地獄のほうに、わが十三階のほうに吹きとばされることになるのだろう。

そっと救いの手を差し伸べる口調で、ジョン・ケアンクロスがワインを気にいったと言い、クロードに二杯目を注ぐきっかけを与えた。彼がそれに応えているあいだ、沈黙が流れた。わたしはぴんと張られたピアノ線にふいにハンマーが打ちつけられるところを想像した。トゥルーディがなにか言おうとしていたのである。最初の言葉を口にする直前に、心臓の鼓動がシンコペートするので、わたしにはそれとわかるのだ。

「あのフクロウだけど。あれは実際のフクロウなの？　それともなにかの象徴なのかしら？」

「いいえ」とエロディが急いで言った。「ほんものです。わたしは現実の世界をもとにして書くんです。でも、読者は、ご存じのように、象徴や連想を持ちこみます。わたしがそれを締め出すわけにはいきません。詩というのはそういうものですから」

「わたしはむかしから」とクロードが言った。「フクロウは賢いものだと思っている」
詩人は、当てこすりの気配を感じて、口をつぐんだ。そして、相手を値踏みしてから、平静な口調で言った。「そうですか。わたしにはなんとも言えませんが」
「フクロウは凶暴だわ」とトゥルーディが言う。
エロディ「コマドリみたいにですが。自然がそうであるように」
トゥルーディ「食べられない、みたいだけど」
エロディ「卵を抱いているフクロウには毒があります」
トゥルーディ「そう。卵を抱いているフクロウはあなたを殺すかもしれない」
エロディ「そんなことはないと思います。ただ胃が気持ちわるくなるだけで」
トゥルーディ「わたしが言っているのは、鉤爪で顔を引っかかれる場合のことだけど」
エロディ「それはありえません。とても臆病な鳥ですから」
トゥルーディ「でも、挑発されれば別でしょう」
リラックスしたやりとりで、たわいないおしゃべりをしている口調だった。単なる世間話か、それとも脅しや憎まれ口の交換なのか――わたしにはそれを判断するだけの社会的な経験がない。わたしが酔っているとすれば、トゥルーディもそうにちがいないが、彼女はすこしもそんなそぶりは見せなかった。いまやライバルと化したエロディへの嫌悪感が酔い覚ましの妙薬になっているのかもしれない。
ジョン・ケアンクロスは妻をクロード・ケアンクロスに譲り渡して満足しているようだった。それがわたしの母の癇にさわったのだろう。捨てたり、譲り渡したりするのは自分が決めることだ、と彼女は思っているのだから。彼女は父がエロディといっしょになるのを拒否できるし、父が生きることそのものさえ拒否できるのだ。しかし、わたしは間違っているのかもしれない。蔵書室で詩を朗読しているとき、わたしの父は母の前に一秒でも長くいられるのをありがたく思い、彼女に追い出されることさえ受けいれているように見えた（「行ってちょうだい！」）。わたしはどうも自分の判断に自信がもてない。なにもかも辻褄が合わないのだ。

しかし、いまは考えている暇はなかった。父が立ち上がって、わたしたちを見下ろすようにしながら、ワインを片手に、ほんのかすかに体を揺らして、スピーチをしようとしていたからだ。

みなさんご静粛に。

「トゥルーディ、クロード、エロディ、手短にするつもりだが、そうはいかないかもしれない。だが、だれがかまうものか？　わたしは言いたい。愛が死に絶えて、結婚生活が崩壊するとき、最初に犠牲になるのは真正な記憶であり、過去のきちんとした、公平な思い出である。それが現在にとってあまりにも不都合で、あまりにも呪わしいから、挫折と荒廃の祝宴に古《いにしえ》の幸福の亡霊が現れるようなものだからだ。だから、そういう忘却の逆風に抗して、わたしは小さな真実のロウソクをかかげ、その光がどこまで届くかを見届けたいと思う。いまから十年近く前、ダルマツィア地方の海岸の、アドリア海も見えない安ホテルの、ここの八分の一しかない狭い部屋の、幅三フィートもないベッドで、トゥルーディとわたしは時間を超え、言葉を超えて、限りなくつづく愛に、陶酔《エクスタシー》と信頼に、歓喜と平安に巡り合った。わたしたちは世界に背を向けて、ふたりだけの世界を発明し築き上げた。わたしたちは見せかけの暴力で相手を脅したり、赤ん坊みたいにかわいがったり、たがいにニックネームをつけたり、ふたりだけに通じる言葉をつくったりした。

わたしたちは気恥ずかしさを超越していた。あらゆるものを与え、受け取り、相手に許した。わたしたちはヒーローだった。ほかのだれひとり、現実の人生でも詩のなかでも登ったことのない山頂に立っていると思った。わたしたちの愛はあまりにも非の打ちどころがなく、あまりに雄大だったので、それが宇宙の原理なのだと思われた。それはあまりにも基本的な倫理観であり、他者との関係の築き方だったので、世界はそれを見過ごしていたような気がした。狭いベッドに向かい合って横になり、たがいの目の深みを覗きこみながら話をしたとき、わたしたちは自分たちという存在を生み出したのだ。彼女はわたしの両手を取ってキスをしたが、わたしは生まれて初めてそれを恥ずかしいとは感じなかった。わたしたちはそれぞれの家族についてじつに詳しく語り合ったが、そのときになって初めて、家族はわたしたちにとって意味のあるものになった。そして、さまざまな問題があったにもかかわらず、わたしたちは熱烈に家族を愛した。わたしたちの最良の、いちばん大切な友人たちについてもおなじだった。わたしたちは知っているすべての人々を救済でき、わたしたちの愛は世界のためになると思われた。トゥルーディもわたしもそんなに熱心に話したことも、耳を傾けたこともなかった。わたしたちの愛の営みは話し合いの延長であり、話し合いは愛の営みの延長だった。

その一週間が終わって帰国して、このわたしの家に落ち着いてからも、その愛はさらに何カ月も、何年もつづいた。なにひとつそれを妨げるものはないと思われた。だから、この先をつづける前に、わたしはあの愛に乾杯したいと思う。これからも永遠にあの愛が錯覚として否定され、忘れられ、歪められ、捨て去られることがないように祈りたい。わたしたちの愛に乾杯。それは現実にあったことであり、事実だったのだから」

足を引きずる音やしぶしぶ同意するつぶやきが聞こえ、すぐそばで、わたしの母が、グラスを飲み干すふりをする前に、ぐっと唾を飲みこむ音がした。おそらく〝わたしの家〟と言ったのが気にいらなかったのだろう。

「さて」とわたしの父は、葬儀屋の店内に入るときみたいに声をひそめて、つづけた。「その愛は自然な経過をたどった。それは単なる決まりきった習慣にも、老化防止の手段にも堕すことはなかった。大いなる愛はそうならざるをえないのだが、それは急速に、悲劇的に凋れた。幕が下りたのである。それは終わり、わたしはそれで満足だった。トゥルーディも満足だった。わたしたちを知っているだれもが喜んで、ほっとしていた。わたしたちはたがいを信じていたが、いまでは信じていない。わたしたちは愛し合っていたが、いまでは彼女がわたしを嫌っているのとおなじくらい、わたしも彼女を忌み嫌っている。トゥルーディ、わたしの愛しい女《ひと》、わたしはきみの顔を見るのも嫌だし、何度か絞め殺したいと思ったことがあるほどだ。わたしは夢を、幸せな夢を見たことがある。わたしの両の親指がきみの頸動脈を絞めつけている夢だ。きみもわたしについておなじように思っているのはわかっている。だが、それを悔やむには及ばない。むしろ、喜ぶべきだろう。そういう陰鬱なわだかまりは振り捨てて、新しい人生と新しい愛のために生まれ変わろうじゃないか。エロディとわたしは新しい愛を発見し、これからの残りの一生、それによって結ばれることになるだろう」

「待って」とエロディが言った。わたしの父の不謹慎な物言いに怖れをなしたのだろう。

けれども、父は口を挟ませなかった。「トゥルーディとクロード、わたしはふたりのことを喜んでいる。ふたりはまさに完璧なタイミングでいっしょになった。ふたりがじつにお似合いだということは、だれひとり否定できないだろう」

　父はなにごとにも動じない真剣な口ぶりだったが、これはとんでもない災難だった。クロードみたいに退屈なくせに精力だけは盛んな男と結びつけられたら、じつに複雑な運命をになうことになるが、彼の兄はそれをよく知っていた。だが、シーッ。彼はまだ話しおえたわけではなかった。

「いくつか取り決めなければならないことがある。意見の食い違いもあるだろうし、ストレスもあるだろう。しかし、全体としての計画は単純で、それはさいわいだったと思う。クロード、おまえにはプリムローズ・ヒルの大きくてすてきな家がある。だから、トゥルーディ、おまえはそこに引っ越せばいい。わたしはあした、ここに荷物の一部を運んでくるつもりだ。おまえたちが立ち退いて、内装業者の作業が終わりしだい、エロディとわたしがここに引っ越すことになる。一年かそこらは会わないほうがいいだろう。そのあとのことはまたあらためて考えればいい。離婚手続きは単純明快になるだろう。大切なことはどんなときにも理性と礼儀を見失わないこと、そして、わたしたちがふたたび愛を見いだせてどんなに幸運かを忘れないことだ。わかったかね？　よろしい。いやいや、立ち上がるには及ばない。わたしたちはかってに出ていくから。トゥルーディ、もしもあしたここにいるのなら、十時ごろに会うことになるだろう。ここには長居するつもりはない――そのあとまっすぐセント・オールバンズに行かなきゃならないから。ところで、わたしは自分の鍵を見つけたよ」

　エロディが立ち上がったらしく、椅子の音が聞こえた。「待って、ねえ、わたしもちょっと言わせてもらっていいかしら？」

父はやさしいが断固たる口調で言った。「いや、それはこの場にはふさわしくない」

「でも――」

「さあ、もう行かなくちゃ。ワインをありがとう」

ちょっと咳払いをする間があり、それからキッチンを横切って、階段をのぼって遠ざかっていく足音がした。


彼らが出ていく足音を聞きながら、母とその愛人は黙って坐っていた。階上から玄関のドアが閉まる音が、最後に締めくくるような音がした。ピリオド。トゥルーディとクロードは呆然としており、わたしの思いは千々に乱れていた。父の弁舌のなかで、わたしは何だったのか？　死んだも同然だった。憎らしい前妻の腹に封じこめられたまま真っ逆さまに墓穴に投げこまれたようなものだった。わたしのことは、わきぜりふのなかでさえふれられず、この場にそぐわないとして退けられることすらなかった。わが救世主がわたしを見るまでには〝一年かそこら〟かかる。彼は真正な記憶を礼讃したが、わたしのことは忘れていた。みずからの再生に大忙しで、わたしのそれを忘れ去った。父と息子。むかし聞いたことがある一節をわたしはけっして忘れないだろう。〈自然のなかで彼らを結びつけるものは何なのか？　一瞬の盲目的な発情である〉（J・ジョイス『ユリシーズ』第九挿話）

こう考えてみたらどうだろう。彼がショアディッチに移ったのはエロディとの密会を試みるためであり、このハミルトン・テラスから出ていったのはクロードをここに入りこませて、トゥルーディを放り出す恰好の口実をつくるためだった。心配そうに訪ねてきたり、熱心に詩を朗読したり、鍵をなくしたというのは見せかけで、彼女が安心してクロードに近づくように仕向け、ふたりをいっしょにするためだった。

クロードはまたワインを注いでいる。こういうときには慰めになるが、彼はのろのろと、ほぼ間違いなく、このうえなく空虚な考えに手を伸ばす。

「まったく驚いたね」

トゥルーディは三十秒ほど黙っていた。やがて口をひらいたとき、ろれつはまわらなかったが、覚悟を決めたのはあきらかだった。

「彼には死んでもらうわ。あしたのうちに」

8

この温かい生きている壁の外側では、冷酷な話が恐ろしい結末に向かって滑っていく。真夏の雲は分厚く、空に月はなく、そよとの風も吹かない。けれども、わたしの母と叔父はさかんに冬の嵐のことを話していた。もう一本のボトルのコルクが抜かれ、それからすぐさま、さらにもう一本空けられた。わたしは酩酊状態のはるか下流に押し流され、感覚が鈍って、言葉はぼんやりとしか聞こえないが、かろうじてわたしの破滅のかたちが聞き取れる。血なまぐさいスクリーンの上で影絵が、自分たちの宿命に必死に抗おうとして言い争っている。その声が高くなったり低くなったりする。彼らは非難するか、罵りあうか、さもなければ陰謀を企てている。言われたことが中空に、北京のスモッグみたいに垂れこめている。

最後にはひどいことになりそうだった。この家も破滅を予感しているのだろう。夏の盛りだというのに、二月の疾風が吹きすさんで、雨樋から垂れさがる氷柱《つらら》をひねって折り、目地塗りのない妻壁のレンガをこすり、傾斜した屋根からスレート——あのなにも書かれていない石盤《スレート》——を引き剝がす。その冷気の指先が汚れた窓ガラスのひび割れたパテの隙間から侵入し、キッチンの排水管のなかを逆流する。わたしはここで震えている。それは終わらないだろう。悪いことに終わりはなく、惨憺たる結末が祝福だと思えるようになるまでつづくのだ。なにひとつ忘れられることはなく、なにひとつ流されてしまうことはない。汚物は配管工の手の届かない、見えない湾曲部《ベンド》に滞っているか、衣裳部屋《ワードローブ》にトゥルーディの冬物のコートといっしょに吊るされている。そのあまりにも強烈な悪臭が幅木の後ろの臆病な小ネズミの栄養分になって、ドブネズミへとふくれ上がらせる。それがガリガリやったり、反抗的な悪態をつくのが聞こえても、だれも驚きはしないだろう。ときおり、母とわたしは席を外す。しゃがみ込んで、うめき声をあげながら大量に排尿するためである。頭蓋に当たっている膀胱が縮むのが感じられて、わたしはほっとする。それからまたテーブルへ、さらなる陰謀と長広舌へと戻っていく。悪態をついているのはネズミではなくて、わたしの叔父だった。ガリガリやっているのは、母が塩味のナッツをかじっているのだった。彼女はわたしのために絶え間なく食べている。

ここで、わたしは自分の権利についてぼんやりと考えている——安全、無重力の平安が保たれ、労働はなく、犯罪も罪の意識もない。この幽閉状態のなかで、わたしにどんな権利があるはずだったのかを考える。ふたつの相反する考えが頭に浮かぶ。母が電話中も流しっぱなしにしていたポッドキャストで聴いたのである。わたしたちは父の蔵書室の長椅子にいて、このときも蒸し暑い真昼に向かって窓があけ放たれていた。退屈は悦楽とそんなに変わらない。それは快楽の岸辺から眺めた悦楽なのだ、とムッシュー・バルトは言っていた。まさにそのとおり。それこそ現代の胎児の状態なのだ。ただ考えるだけなのである。存在し、成長する以外にはやることがなく、その成長もほとんど意識的な行為ではない。純粋に存在する喜び、まったくなんの差異もない日々の退屈。延々とつづく悦楽は実存的な種類の退屈である。この幽閉は牢獄ではないはずである。ここで、わたしは孤独という特権と贅沢を享受している。わたしは無邪気な存在として語っているのだが、永遠につづくオーガズムを想像する——そこにこそ至高の領域における退屈がある。

これが、母が父の死を願うようになるまでは、わたしが受け継いだ財産だった。だが、いまや、わたしは物語の内側で生きており、その結末に気を揉んでいる。そのどこに退屈が、悦楽があるというのか？

叔父がキッチン・テーブルから立ち上がり、よろけながら壁に近づいて、明かりを消した。もう明け方になっている。彼がわたしの父だったら、夜明けの唄を朗誦したかもしれない。しかし、いま彼の頭にあるのは実際的なことだけだった——そろそろ寝る時間なのである。セックスには酔っ払いすぎているのが、せめてものさいわいだった。トゥルーディも立ち上がり、わたしたちはいっしょにふらつく。一分でもまっすぐに立っていられれば、吐き気がすこしは治まるだろうに。大海のなかで宙返りしていた、あの広々とした日々が無性に懐かしい。

彼女は階段の一段目に片足をかけて立ち止まり、あとどれだけのぼらなければならないかを目測する。急なのぼりが遠のいていく。はるか月までつづいているかのようだ。わたしのために、彼女が手摺りをにぎるのが感じられる。わたしは依然として彼女を愛している。彼女にそれを知ってほしいと思うが、もしも後ろに倒れたら、わたしは死んでしまうだろう。ようやく、わたしたちはのぼりだした。クロードがわたしたちの先に立って、かろうじてなんとか。ロープでつないでおくべきだ。もっとしっかりつかまって、母さん！　かなりの重労働で、口をきくものはいなかった。何分かが過ぎて、何度となくため息やうめき声を洩らしたあと、どうにか三階の踊り場にたどり着いた。残りの十二フィートは平らだったが、それでも楽ではなかった。

彼女はベッドの自分の側に腰をおろして片方のサンダルを脱ぎかけたが、それを手に持ったまま横向きに倒れ、そのまま眠りこんだ。クロードが揺り動かして、目を覚まさせる。いっしょにバスルームに行って、中身がはみ出している引き出しを手探りし、それぞれ二グラムのパラセタモールを探し出す。二日酔いをなんとか食い止めるためである。

クロードが指摘した。「あしたは忙しい一日になるぞ」

つまり、きょう、という意味だった。わたしの父が十時に来ることになっているが、いまはもう六時近いのだ。それからようやく、わたしたちは全員ベッドに入った。目をつぶると、世界が、彼女の世界がグルグルまわる、と母が愚痴を言った。クロードはもっと自制心が強く、本人が言いそうな言葉を借りれば、断固たる強い意志をもっているのかと思ったが、そうでもなかった。数分もしないうちに、隣室に駆けこんでひざまずき、トイレの便器を抱きかかえた。

「便座を上げて」とトゥルーディがどなった。

沈黙。それから、苦労してすこしずつ、吐いた。けれども、やかましかった。サッカー・ファンが応援歌をうたっている最中に背中を刺されたかのように、長々しい雄叫びがいきなり断ち切られた。

七時には、ふたりは眠っていたが、わたしは眠れなかった。わたしの考えは、母の世界といっしょにグルグルまわっていた。父がわたしを拒絶したこと、彼がたどりそうな運命、それに対するわたしの責任、それからわたし自身の運命、わたしが警告したり行動したりできないこと。そして、わたしといっしょに寝ているふたりのこと。泥酔して計画を実行できなくなるのだろうか？　それとも、こっちのほうがはるかに悪いが、下手に実行して、逮捕され、刑務所送りになるのか？　このところ、わたしは刑務所のイメージに亡霊みたいに取り憑かれている。塀のなかではじまる人生。未知の悦楽。人が競って追い求める退屈という特権。あるいは、もし彼らが成功したら——そのときは、わたしはスワート渓谷行きになるのだろうか。どんな幸福にせよ、そこにたどり着けそうな計画も道筋も見えてこなかった。だとすれば、生まれないほうがいいのかも……。

＊＊＊

寝過ごした。叫び声と激しく不規則なジグのリズムで、わたしは目を覚まさせられた。母が死の壁《ウォール・オブ・デス》を走りまわっているのか。いや、そうではなかった。少なくとも、その壁ではなかった。階段を速すぎる足取りで下りていたのである。不注意にも、手摺りにほとんど手をかけもせずに。これがどんな結末に至るおそれがあるのか。階段の絨毯押さえの金属棒がゆるんでいたり、絨毯の端が擦りきれてカールしていたりすれば、真っ逆さまに頭から墜落して、わたしの秘めやかな薄暗がりは永遠の闇と化すだろう。わたしにはすがれるものはなく、ただ祈るしかなかった。叫び声をあげたのは叔父だったが、彼がまた叫んだ。

「例の飲み物を買いに行っていたんだ。もう二十分しかないんだぞ。コーヒーをいれてくれ。あとの残りはわたしがやる」

実現する見込みの薄かった彼のショアディッチ計画は、母のスピード狂いによって却下された。ジョン・ケアンクロスは結局のところ馬鹿ではなく、母をこの家から追い出そうとしていた。しかも、ごく近いうちに。だから、彼女はきょう行動を起こさなければならなくなった。お下げ髪の手入れをしている暇はない。彼女は夫の愛人を鄭重にもてなした――午後の身の上相談番組(ティーンエイジャーがプラトンやカントでも答えに詰まるような悩みを電話で相談する)の言い方を借りれば、捨てる前に捨てられたのである。彼女の怒りは凄まじかった――大海みたいに膨大で底知れなかった。それは彼女の存在基盤であり、人格そのものだった。わたしにはそれがわかった。わたしのなかを流れる彼女の血が変質し、ざらざらした不快な流れになって、血球が痛めつけられて縮こまり、血小板は割れたり欠けたりしていたからである。わたしの心臓は母の怒り狂った血液を相手に奮闘していた。

わたしたちは無事に一階まで下りて、玄関のゴミのあいだを忙しそうに飛びまわる、朝の蠅のブンブンいう羽音に取り囲まれた。口を閉じてないゴミ袋は、彼らにとっては、朝日に輝く屋上菜園付き高層マンションみたいなものだろう。蠅はそこへ行って、気の向くままムシャムシャやったり吐いたりしている。この蠅の全体的に肥大した怠惰さは、気持ちよく戯れながらも、共通の目的をもち、たがいに寛容な社会集団を思わせる。このなかばまどろんでいる、無脊索動物の集団は世界と一体であり、腐りきった贅沢な生活を愛している。それに対して、わたしたちはもっと下等な種で、不安に苛まれ、絶えず争い合っている。わたしたちはびくびくしているくせに、せっかちに進みすぎるのである。

だらんと垂れていたトゥルーディの手が階段の親柱をつかむと、わたしたちはくるりとUターンした。それから十歩進むと、キッチンの階段の上に出る。そこへ下りる階段には頼りになる手摺りがなかった。わたしの人生――これが人生だとすればだが――がはじまる前に、手摺りは馬毛の交じった漆喰の埃を舞い上げて落下したのだという。残っているのは不規則な穴だけだった。踏み板は無塗装のパインで、こぼれたまま忘れられた染みや、踏みつぶされた肉や脂、わたしの父が皿を使わずに蔵書室へ運んだトーストからしたたった溶けたバターがこびりついて、滑りやすい脂じみた斑点になっており、消した文字がうっすらと見える再利用された羊皮紙《パリンプセスト》みたいだった。またもや、彼女は急ぎすぎて、真っ逆さまに落下しかねなかった。そういう考えがわたしの不安を掻き立てる間もなく、片足が後ろに滑り、体が前に傾いて、あやうく前方に飛び出しそうになった。とっさに腰の背中側の筋肉が恐怖に震えて緊張し、かろうじてバランスを保ったが、わたしの肩の背後で伸びた腱がひねられるグキッという音がして、骨との接合部が試されているのがわかった。

「腰が」と彼女がうめくように言った。「ああ、腰が」

しかし、その痛みは無駄ではなかった。彼女は体勢を立て直して、階段の残りを慎重に下りきったからである。キッチンの流しでせっせとなにかやっていたクロードは、手を止めて同情するような声を洩らしはしたが、そのまま作業をつづけた。時間は待ってはくれないから、とでも言いたげに。

彼女はクロードの横に来て、「頭が」とつぶやく。

「わたしもだ」それから、彼女に見せた。「これが彼の好きなやつだと思う。バナナ、パイナップル、リンゴ、ミント、小麦麦芽」

「〝熱帯の夜明け《トロピカル・ドーン》〟ね」

「そうだ。そして、これが例のやつだ。これだけで雄牛を十四も倒せるんだ」

「十頭でしょ」

彼は二種類の液体をブレンダーにそそぎ込んで、スイッチを入れた。

やかましい音が止むと、彼女が言った。「冷蔵庫に入れて。わたしはコーヒーをいれるから。その紙コップを隠して。手袋なしにさわらないように」

わたしたちはコーヒーメーカーのところへ行った。フィルターを見つけ、コーヒーの粉をスプーンで入れてから、水をそそぎ込む。なかなか手際がいい。

「マグをいくつか洗って」と彼女が大声で言う。「テーブルに並べておいてちょうだい。それから、車のなかに置くものを準備して。ジョンの手袋は外の小屋よ。埃を払っておかなくちゃ。それと、どこかにビニール袋があるんだけど」

そんなふうに命令口調で言われると、彼女よりずっと早く起きていたクロードは不機嫌そうに「わかった、わかった」と言った。わたしは彼らのやりとりをなんとか聞き取ろうとした。

「わたしのあれと銀行口座の取引明細書はテーブルの上よ」

「わかってるよ」

「領収書を忘れないでよ」

「忘れないよ」

「ちょっと丸めておいたほうがいいわ」

「そうしたよ」

「あなたの手袋で。彼のじゃなくて」

「そうさ！」

「ジャッド・ストリートに行ったとき、あなたは帽子をかぶってた？」

「もちろん」

「帽子は彼の目につく場所に置いておいてね」

「もう置いたよ」

彼は流しの前で、言われたとおりに、汚れたマグをゆすいでいた。彼女は彼の口調にまったく動じる気配もなく、「ここをすこし片付けなくちゃ」と付け加えた。

彼はうめき声を洩らした。良妻トゥルーディはこぎれいなキッチンで夫を迎えたいと思っているらしいが、それは絶望的な考えだった。

もちろん、こんなことがうまくいくはずはなかった。わたしの父がここに来ることはエロディも知っている。ほかにも知っている友だちがたぶん五、六人はいるだろう。北部から東部にかけてのロンドン全体が、死体越しに犯人を指差すだろう。これこそまさに妄想を共有する感応《フォリー・》精神病《ア・ドゥー》だ。どんな仕事もしたことのないわたしの母が、殺し屋になることなどできるのか？　本気で手を染めることになれば、計画や実行だけでなく、その後のこともあるむずかしい仕事なのに。考えてみてほしい、とわたしは言いたかった。道徳的なこと以前に、どんな不自由があるのかということを。刑務所入りになることや罪の意識、あるいはその両方を。時間外はもちろん、週末まで、毎日、一晩中、生涯にわたってつづくのだ。給料もなければ、なんの役得も年金もなく、ただ後悔があるばかりだろう。彼女は間違いを犯そうとしているのだ。

しかし、愛人たちは、愛人同士にしかできないやり方で、しっかりと心を結び合わせていた。キッチンで忙しく動きまわることで、彼らは落ち着きを保っていた。テーブルから昨夜の残骸を片付け、床の食べかすを掃き集めて隅に寄せ、鎮痛剤をさらに何錠かコーヒーで飲みくだした。わたしの朝食はそれだけになりそうだった。流しのまわりにはもうやることはない、という点でふたりの意見が一致した。母は低い声で指示を出したり、やってほしいことを言ったりした。クロードは相変わらずぶっきらぼうで、一言ごとに彼女の言葉をさえぎった。もしかすると、彼は考えなおそうとしているのだろうか。

「陽気にするのよ、わかった？　彼がきのうの晩言ったことをよく考えた結果、わたしたちは——」

「わかってるよ」

数分の沈黙のあと、「あまりすぐには勧めないでね。わたしたちは——」

「そんなことはしない」

それからふたたび、「空のグラスをふたつ置いておいて。わたしたちももう飲んだことがわかるように。それから、〈スムージー・ヘヴン〉のカップも——」

「置いたよ。きみの後ろにある」

彼がそう言ったとたんに、キッチンの階段の上から父の声がしたので、わたしたちはギョッとした。もちろん、彼は鍵を持っているのだし、ここは彼の家なのである。

父が下に向かって大声で言った。「車から荷物を降ろしているところなんだ。それが済んだら、すぐそっちへ行く」

しゃがれた、できる男の声だった。この世のものとは思えない恋が、彼を世馴れた男に変身させたのだろうか。

クロードがささやいた。「彼が車のドアをロックしたら、どうする？」

わたしは母の心臓のすぐそばにいるので、そのリズムや急激な変化が手に取るようにわかった。そして、いままさに！　夫の声を聞いて、それはふいに速くなり、しかも余計な雑音が交じっていた。心室のなかで流れが乱れたのか、遠くでマラカスを振るような、空き缶のなかの小石をそっと揺するような音がする。下のほうから観察しているわたしの考えでは、半月弁の尖頭が激しく閉じすぎて、くっついてしまったのではないかと思う。それとも、母が歯ぎしりしているだけなのだろうか。

だが、外界に向けては、母は平然とした態度を保っていた。声もしっかりとコントロールされており、口調もまったく平静で、卑屈なひそひそ声になったりしてはいなかった。

「彼は詩人よ。車をロックしたりしないわ。わたしが合図したら、例のものを車に持っていってちょうだい」

9

親愛なる父上、
あなたが死んでしまう前に、言っておきたいことがあります。もう時間はあまりありません。あなたが思っているよりずっと少ないのです。だから、すぐに要点に入らせてもらいます。記憶を呼び起こしてください。蔵書室でのある朝でした。めずらしく夏の雨が降っている日曜日で、このときばかりは埃が洗い流されていました。窓はあけ放たれ、木の葉を打つパラパラという雨音が聞こえました。あなたとわたしの母はほとんど幸せな夫婦みたいでした。あのとき、あなたは一篇の詩を朗読しました。あなたたちのひとりにはもったいないものでしたが、それはあなた自身がまっ先に認めるでしょう。短くて、濃密で、絶望的なほど痛切で、難解な作品でした。内容を理解するより先に、衝撃を受け、傷つかずにはいられないものでした。それは無頓着で無関心なある読者に、失われた恋人に、実在の相手に向けられたものだろう、とわたしは思いました。十四行のなかで、その詩は望みのない思いについて、心を奪われた惨めさについて、満たされることもなく認められることもない憧憬について語っていました。能力または社会的地位あるいはその両面での強力なライバルのイメージを喚起して、自分自身は消し去っていました。ひょっとすると、時間がその報復をすることになるかもしれませんが、この詩行を偶然目にすることがないかぎり、だれひとり気にもかけず、覚えてすらいないでしょう。

その詩が語りかけていた相手、それがこれからわたしが知ろうとしている世界なのだと思います。わたしはすでにあまりにもそれを愛しすぎています。その世界がわたしをどうするつもりなのか、わたしを愛してくれるのか、わたしに気づいてくれるのかさえわかりません。ここから見るかぎり、世界は不親切で、人命を、多くの人々の命を軽視しているように思えます。ニュースは残忍で、非現実的で、目覚めることのできない悪夢のようです。わたしは母といっしょにすっかり心を奪われ、陰鬱な気分で聴いています。奴隷にされた十代の少女たちが――その行為の前後に神に祈りを捧げる――兵士たちに強姦されたり、樽爆弾が町の上空から投下されたり、こどもたちが市場で自爆させられたりしています。オーストリアでは、道路わきの鍵のかけられたトラックに七十一人もの移民が閉じこめられ、パニックに陥り、窒息して、腐っていくまま放置されました。そういう最期の瞬間にまで想像力を送りこむことができるのは勇敢な人たちだけでしょう。これが新しい時代なのです。大昔からおなじみなのかもしれませんが。あの詩はまた、わたしにあなたのことを、きのうの晩のあなたのスピーチを、あなたがわたしの愛に応えるつもりがないか、あるいは応えられないことを思わせます。わたしがいる場所から見ると、あなたとわたしの母と世界はすべてひとつです。誇張した言い方なのはわかっています。けれども、世界は驚きに満ちており、だからこそ、わたしは愚かにもこの世界を愛しているのです。そして、わたしはあなたたちふたりを愛しているし、崇拝しています。要するに、わたしが言おうとしているのは、わたしは捨てられるのを怖れているということです。

だから、息を引き取る間際に、あの詩をもう一度わたしに聞かせてください。そうすれば、わたしもあなたにそれを聞かせるでしょう。それがあなたの耳にする最期の言葉になればいい。そうすれば、あなたにもわたしの言わんとしていることがわかるでしょう。あるいは、もっと思いやりのあるコースを選んで、死んでいく代わりに生き延びて、あなたの息子を受けいれ、わたしを抱きしめて、わが子だと主張してください。そうすれば、そのお礼に、わたしはいくつか助言をするでしょう。階段を下りてこないほうがいい。なんの屈託もなく大声でさよならを言って、車に乗って帰ってしまえばいい。それとも、ここに下りてくるのなら、フルーツ・ドリンクは断って、挨拶をしたらすぐに立ち去ることです。その理由はあとで説明するつもりです。そのときまで、わたしはあなたの忠実なる息子として……。

わたしたちはキッチンのテーブルに坐って、父が本のダンボール箱を居間に運びこむ断続的な足音に耳を澄ましていた。行為に及ぶ前の人殺しには無駄話は重荷らしい。口は渇き、脈は弱まり、いろんな考えが渦を巻く。クロードでさえ途方にくれていた。彼もトゥルーディもブラック・コーヒーをお代わりした。そして、一口飲むたびに、音もなくそっとカップを置いた。ソーサーは使わなかった。わたしがそれまでは気づかなかった置き時計があり、考えこむような弱強格でカチカチいっている。外の通りでは、配達用ヴァンのポップミュージックが、かすかなドップラー効果を伴って、近づいてきては遠ざかっていった。侘しいバンドの音が微分音ほど高くなり、それから低くなっていくのだが、メロディの音程がずれるわけではなかった。それがわたしになにか語りかけているような気がしたが、わかりそうでわからなかった。鎮痛剤の効き目が出てきたが、わたしはなにも感じないでいたいのに、頭がはっきりしただけだった。彼らはすでに二度確認しており、準備万端のはずだった。マグカップ、飲み物、〝例のあれ〟、銀行からのなにか、帽子と手袋とレシート、ビニール袋。わたしはすっかり困惑していた。きのうの夜、聞いておくべきだった。この計画がうまくいきそうなのか、それとも破綻しそうなのか、わたしにはわからなかった。

「階上《うえ》に行って、手を貸してやってもいいんだが」と、しばらくすると、クロードが言った。

「人手が多いほうが早く――」

「わかった、わかったわ。待って」母は最後まで聞いていられなかった。彼女とわたしには共通点が少なくない。

　玄関のドアが閉まる音がして、数秒後、あのおなじ靴――古いスタイルの革底の靴――が、昨夜愛人といっしょに下りてきて、自分の運命を決めてしまったときとまったくおなじ足音を響かせて、階段を下りはじめた。シューベルトというよりはシェーンベルクに近い、調子外れの口笛を吹きながら――ゆとりというよりはその影みたいなものを引きずって。では、あの堂々たるスピーチにもかかわらず、父は神経質になっているのだろうか。自分の弟と自分のこどもを宿した憎らしい女を愛しいわが家から追い出すのは、そんなに気楽なことではないのだから。彼はさらに近づいてきた。わたしはもう一度ぬるぬるする壁にぴたりと耳を押しつける。どんな抑揚も、間も、口ごもった言葉もけっして聞き漏らすまいとして。

　わたしの非公式な家族のメンバーたちは挨拶を省略する。

「スーツケースがドアのそばに置いてあるかと思っていたよ」と彼はユーモラスに言って、例のように、弟の存在は無視した。

「それはありえないわ」と母はよどみなく言った。「坐ってコーヒーでもどう？」

父は腰をおろした。コーヒーを注ぐ音、ティースプーンがカチリという音。

それから、父が言う。「玄関のぞっとするゴミの山を業者が片付けにくる」

「ゴミの山じゃないわ。あれは意思表示よ」

「何の？」

「抗議の」

「へえ、そうかね？」

「あなたがなおざりにしていることに対する」

「ハン！」

「わたしを。それに、わたしたちの赤ちゃんを」

これは現実主義、もっともらしさという崇高な大儀にかなうのではないか。ひょっとすると、愛想のいい歓迎の言葉が彼の警戒心を呼び起こし、父親としての義務を思い出させるかもしれない——ブラボー！

「十二時にはここに来るはずだ。消毒業者も来て、燻蒸消毒をすることになっている」

「わたしたちがここにいるあいだは、そうはさせないわ」

「それはきみたち次第だ。正午にはじめることになっている」

「ひと月かふた月待ってもらわなくちゃ」

「きみたちの抗議を無視するように二倍の料金を払ってあるし、ここの鍵を渡してある」

「あら」と、トゥルーディがいかにも残念そうな顔をして言った。「そんなにたくさん無駄なお金を払ってしまったなんてお気の毒さま。しかも、詩人のお金を」

クロードが話に割りこんだが、トゥルーディにはまだ早すぎた。「これを作ったんだけど、とてもおいしい――」

「ねえ、あなた、わたしたちもっとコーヒーが欲しいんだけど」

シーツのあいだでは母を完全に亡き者にする男が、犬みたいに従順に彼女に従う。わたしにもわかってきたのは、セックスというのは人目につかない、手つかずの、山上の王国だということだった。はるか下方の谷間では、噂が聞こえてくるくらいなのだろう。

クロードが部屋の反対側のコーヒーメーカーの上にかがみ込んでいるあいだに、母はいかにも愉快そうに夫に言った。「そういえば、弟さんがあなたにとても親切にしてくれたそうね。五千ポンドですって！　幸運な人ね。お礼は言ったの？」

「返すつもりさ。そのことを言いたいのなら」

「この前の分みたいに？」

「それも返すつもりだ」

「それをすっかり燻蒸消毒に使ったのかと思うと、がっかりだわ」

父は心から面白そうに笑った。「トゥルーディ！　わたしがなぜきみを愛したのか、もうすこしで思い出せそうだ。ところで、きょうはきれいだね」

「ちょっとだらしない恰好だけど」と彼女が言う。「でも、ありがとう」それから、芝居がかったやり方で、まるでクロードを締め出すかのように、声をひそめた。「あなたが帰ったあと、酒盛りをしたのよ。一晩中」

「立ち退き祝いに？」

「そうとも言えるわ」

わたしたちは、彼女とわたしは、わたしは足から先にだが、前かがみになった。どうやら、彼女は父の手に手を重ねたようだった。彼はいまやいちだんと、彼女のかわいらしく乱れた三つ編みに、大きな緑色の瞳に、そのむかしドゥブロヴニクの免税店で彼が買ってやった香水をつけたピンクの完璧な肌に近づいた。彼女はなんと先のことまで考えていることか。

「わたしたちはワインを一、二杯やって、話し合ったの。そして、結論を出したのよ。あなたの言うとおりだって。わたしたちは別々の道を行くべきなのよ。クロードの家はすてきだわ。プリムローズ・ヒルに比べれば、セント・ジョンズ・ウッドはゴミ溜めね。それに、あなたの新しいお友だちもとてもすてきだし。スレノディ（挽歌の意）とかいう」

「エロディだ。彼女はじつに愛らしい。昨夜、帰ってから大喧嘩したんだ」

「でも、ふたりはとても幸せそうよ」母の声が高くなるのがわかった。

「彼女はわたしがまだきみを愛していると思ったんだ」

これもトゥルーディには効果があった。「でも、あなたは自分で言ったじゃない。わたしたちは憎しみ合っているって」

「そのとおり。しかし、彼女はわたしがむきになって否定しすぎるって言うんだよ」

「ジョンたら！　わたしから彼女に電話しましょうか？　わたしがどんなにあなたを忌み嫌っているかを教えるために？」

彼の笑い方にははっきりしない響きがあった。「それこそ破滅への道だ」

わたしは自分の任務を思い出した――別れた親のこどもの神聖かつ架空の任務はふたりを結びつけることである。破滅。詩人の言葉だ。道に迷って地獄へ落ちる。わたしは愚かにも、総くずれのあとから次の総くずれまでの先物市場みたいに、希望を一、二ポイント上げずにはいられなかった。わたしの両親は芝居をしているにすぎず、たがいに相手役を面白がらせているだけなのだ。エロディは誤解している。結婚しているふたりのあいだに立ちはだかっているのは、自己防衛的な当てこすり以上のものではないのである。

クロードがトレイを運んできた。彼の言い方にはどことなく重苦しい、あるいは不機嫌なところがあった。

「コーヒーのお代わりは？」

「いや、けっこうだ」と、父は弟に――彼に対してしか使わない――さばさばした、そっけない口調で言った。

「ほかのもののほうがよければ、ちょうど――」

「あなた、わたしはもう一杯いただくわ。たっぷりね」

「お兄さんは」と母がわたしの叔父に言った。「スレノディに嫌われちゃったそうよ」

「スレノディというのは」と、父がひどく慎重な口調で彼女に教えた。「死者のための唄のことだ」

「『キャンドル・イン・ザ・ウィンド』（ダイアナ元英皇太子妃への追悼でうたわれたが、もとはエルトン・ジョンがマリリン・モンローに捧げた曲）みたいに」と、クロードが、ふいに息を吹き返したように言った。

「なんてことを！」

「ともかく」と、やりとりを何段階か遡って、トゥルーディが言った。「ここは夫婦の家なのよ。わたしは準備ができたら出ていくけど、今週はむりよ」

「いいだろう。わかっているだろうが、燻蒸消毒というのはちょっとからかっただけさ。しかし、否定はできないだろう。ここがゴミ溜め同然だってことは」

「しつこくしてごらんなさい、ジョン。わたしは出ていかないかもしれないわよ。あなたとは法廷で会うことにして」

「わかった。しかし、玄関のガラクタは片付けてもかまわないだろう?」

「かまわなくないわ」とは言ったが、ちょっと考えてから、うなずいて、それには同意した。

クロードがビニール袋を取り上げる音が聞こえた。やけに元気がよかったが、どんなに鈍いこどもでもそれを額面どおりには受け取らなかったろう。「ちょっと失礼するよ。やることがあるんだ。悪人に休みなしっていうからね」

10

以前なら、クロードの退場の台詞はわたしをにやりとさせたかもしれない。けれども、最近では、理由は訊かないでほしいが、わたしはコメディを楽しむ気にはなれないし、たとえスペースがあったとしても、運動したいとも思わない。火や土のなかにも、言葉のなかにも――かつては荘厳な星がちりばめられた黄金の世界を、詩的直観の美しさを、理性の限りない歓喜を啓示してくれた言葉にも――喜びを見いだせない。あのすばらしいラジオ講座やニュースも、心を動かされた卓抜なポッドキャストも、いまではせいぜい大ぼらか、さもなければ悪臭を放つ妄想としか思えない。わたしがまもなく参加することになるこのすばらしい国家という組織体も、人類という高貴な集合体も、その慣習や神や天使も、その燃え立つような思想や沸き立つような創造力も、もはやわたしをわくわくさせることはない。わたしの小さな体を覆い包む天蓋に、重荷がずっしりとのしかかっているからだ。わたしはまだ小動物を形作るのにさえ充分ではなく、ましてや一個の人間をひねりだすにはほど遠い。わたしの定めは死産という不毛性であり、あとは塵に戻るだけだろう（『ハムレット』第二幕第二場のハムレットの台詞から）。

　クロードが階段を上がって姿を消し、わたしの両親が黙って坐っているあいだに、こういう重苦しい、大げさな考えが戻ってきて――ひとりどこかで朗誦したいものだと思っているが――わたしに重くのしかかった。玄関のドアがあいて、閉まる音がした。クロードが父の車のドアをあける音が聞こえないかと耳を澄ましたが、なにも聞こえなかった。トゥルーディがふたたび身を乗り出し、ジョンが彼女の手を取った。血圧がかすかに上がったのは、乾癬にかかった指が彼女の手のひらに押しつけられたからだろう。彼女はそっと彼の名を呼んだ。語尾が下がる、やさしく窘《たしな》めるような声だった。父はなにも言わなかったが、わたしの想像では、たぶん首を横に振りながら、唇をギュッと結んで、やれやれ、わたしたちのなれの果てを見てみるがいい、とでも言いたげに、うっすらと笑みを浮かべているのだろう。

　彼女がやさしく言った。「あなたの言ったとおり、もう終わりね。でも、穏やかに終わらせることはできる」

「そう、それがいちばんだ」と、父が快活なガラガラ声で同意した。「しかし、トゥルーディ。むかしのよしみで、詩を一篇暗誦してやろうかな？」

　彼女がこどもみたいにいやいやをしたので、わたしは逆立ちの姿勢のまま静かに揺すられた。しかし、ジョン・ケアンクロスにとって、詩に関しては否《ノー》は承諾《イエス》を意味することを、彼女もわたしもよく知っていた。

「おねがい、ジョン、後生だから、それはやめて」

　けれども、彼はすでに深く息を吸いこんでいた。以前に聞いたことのある詩だったが、そのときにはそれほどの意味はもっていなかった。

「もうどうしようもないのだから、キスをして、別れよう……」（マイケル・ドレイトン ソネット集『イデア』）

　彼はいくつかの詩行をいかにも気持ちよさそうに――そんなふうにすることはないだろう、とわたしは思ったが――朗誦した。「きみはもうわたしに会うことはないだろう」とか、「わたしはこんなにも完璧に自由の身になれるのだ」とか、「かつての愛が一滴も残って」いないとか。しかも、この詩の最後の部分――情熱が死の床につき、ほとんど望みがないにもかかわらず、トゥルーディが望みさえすれば、それでもまだ快復する可能性があるというところを、父はいかにも小賢しい、皮肉な調子でうたうように暗誦して、すべてを否定した。

　だが、もちろん、母はそんな可能性のことは考えてもいないようで、最後まで聞かずにしゃべりだした。「これから死ぬまで、もう二度と詩なんて聞きたくないわ」

「聞かされることはないだろう」と父が愛想よく言った。「クロードといるかぎりは」

この両者のあいだの分別のあるやりとりにおいて、わたしについてはどんな取り決めも交わされなかった。こどもの母親に支払われるべき月々の養育費を前妻が交渉しようともしなければ、ほかの男なら疑念を抱いたにちがいない。彼女がほかの女だったら、なにかしら企みがあるのでないかぎり、もちろんそれを要求しただろう。だが、わたしは自分の面倒は自分でみられる歳であり、自分の運命は自分でなんとかしたいと思っている。吝嗇家の猫みたいに、わたしはひとかけらの食料を隠し持っている。わたしのただひとつの武器。わたしは真夜中にそれを使って彼女を不眠で苦しめ、ラジオ講座を聴かせたことがある。二度、充分に間隔をあけて、まだ骨がないに等しい爪先ではなく踵《かかと》を使って、鋭く壁を蹴るのだ。わたしにとって、それはただ自分のことを話題にするのを聞きたいという、孤独な脈動でしかないのだが。

「あっ」と母が言って、吐息を洩らした。「赤ちゃんが蹴ってる」

「それじゃ、わたしは行かなくちゃ」と父がつぶやいた。「二週間以内に立ち退くということにしようか？」

わたしはいわば彼に手を振ったようなものだったが、彼はそれにどう応えたか？　それじゃ、とかなんとか言いながら、結局のところ、帰ってしまおうとしているのである。

「二カ月以内よ。でも、クロードが戻ってくるまでもうすこし待って」

「すぐに戻ってくるなら待ってもいいが」

わたしたちの頭上数千フィートで、飛行機が空気を切り裂いてヒースローのほうへ降下していくグリッサンドの音がした。なんだか不気味な音だ、とわたしはいつも思うのだが。ジョン・ケアンクロスは最後にもう一篇、詩を暗誦しようと思っているのかもしれなかった。いつも旅に出るときそうしていたように、ジョン・ダンの詩『別れの言葉、嘆き悲しむのを禁じて』でも持ち出すつもりなのだろうか。その心を落ち着かせる四歩格、成熟した心安まる調子を耳にすれば、わたしは彼が妻を訪問していた悲しい日々への郷愁を掻き立てられたにちがいないけれど、彼は指先でテーブルを叩きながら、咳払いして、ただ待っているだけだった。

トゥルーディが言う。「けさ、ジャッド・ストリートの店のスムージーがあったんだけど、たぶんもう残っていないわね」

この台詞でいよいよ事が動きだした。

惨憺たる結果に終わるに決まっている芝居の、舞台の袖からかけられたかのような、抑揚のない声が、階段の上から言った。「いや、兄貴のために一杯取っておいたよ。あの店を教えてくれたのは兄貴だったからね。覚えてるだろう？」

彼はしゃべりながら下りてきた。このあまりにもタイミングのよすぎる登場を、この不器用な、すこしもらしくない台詞を、酔っ払いたちが夜更けにリハーサルしたとは、とても信じられないけれど。

プラスチックのふたとストロー付きの発泡スチロールの容器は冷蔵庫に入っていて、いまその扉があけられて閉められた。クロードが「ほら」と言いながら、それを父の前に置く。息の洩れる、母親みたいな声だった。

「ありがとう。飲めるかどうかわからないが」

早くもドジを踏んだ。どうして官能的な妻ではなく、軽蔑されている弟に飲み物を出させたのか？　これでは彼に話をつづけさせ、そのうち気が変わるのを期待するしかないだろう。期待す、る？　そう、そういうものなのだ。物語はそんなふうに進行するのである。殺人が起きることを初めから知っているとき、わたしたちは犯罪者の側に立ち、彼らの企みに加担してしまう。悪意を乗せて出ていく小舟に、波止場から手を振らずにはいられないのである。つつがない旅《ボン・ヴォヤージュ》を！　人を殺してしかも自由の身でいるのは簡単なことではなく、いわば一種の偉業なのだから。それが成功するかどうかは〝完全犯罪〟になるかどうかで決まる。だが、完全というのはほとんど人間業ではない。船上ではなにかしらまずいことが起きる。だれかが解けていたロープにつまずいたり、船が南よりはるか西の方角に流されたり。なかなか大変な仕事で、しかもすべて洋上でやらなければならないのである。

　クロードがテーブルの前に坐って、せわしなく息を吸いながら、取っておきの手を披露した。世間話である。少なくとも、彼が世間話だと考えているものである。

「例の移民の話だけど、ええ？　まったくなんてことだ。やつらはカレーの〝ジャングル〟からおれたちを妬んでいるんじゃないかね！　ありがたいことにイギリス海峡があるが」

　父は誘惑に抗しきれなかった。「ああ、イングランド、勝ち誇る海に取り囲まれ、岩の海岸が妬ましげな包囲陣を食い止めている」（『リチャード二世』第二幕第一場のジョン・オブ・ゴーントの台詞）

　この台詞が父の気分を昂揚させ、カップを手許に引き寄せる音が聞こえた。それから、彼が言った。「しかし、わたしの考えじゃ、彼らを全員招き入れればいいんだ。さあ、来るがいい！　セント・ジョンズ・ウッドにもアフガン・レストランを」

「それにモスクもひとつ」とクロードが言う。「いや、三つだ。それから、ワイフを殴るやつや女の子を虐待するやつも何千人か」

「イランのゴハルシャド・モスクのことを話したことがあったかな？　むかし、夜明けに見たことがあるんだ。仰天して、立ち尽くしたよ。涙を流してね。あの色はおまえには想像もできないだろう、クロード。コバルト、トルコ石《ターコイズ》の青緑、茄子紺《オーベルジーヌ》、サフラン色、ごく淡い緑、クリスタルホワイト、その中間のあらゆる色」

　父が弟を名前で呼ぶことはめったになく、妙に昂揚した気分になっているのかもしれなかった。母に自分をひけらかし、自分を弟と比較して、どんな男を失うことになるのか思い知らせようというのだろうか。

　それとも、弟の温かみのない考えから自分を解き放とうとしているのだろうか。弟はいまや警戒して妥協する口調で言った。「イランのことは考えたことがなかった。しかし、シャルム・エル・シェイクの、あのプラザ・ホテルはすばらしかった。なにもかもが。ビーチに行くにはほとんど暑すぎるくらいだったよ」

「わたしはジョンに賛成よ」と母が言った。「シリア人も、エリトリア人も、イラク人も。マケドニア人だって。わたしたちにはそういう若者が必要なのよ。それから、あなた、水を一杯持ってきてくれる？」

　クロードは即座にキッチンの流しに行き、そこから言った。「必要？　わたしは通りで斧で切り刻まれる必要はないね。ウリッジでの襲撃事件みたいに」彼はグラスをふたつ持って、テーブルに戻ってきた。ひとつは彼自身のためである。これがどこに向かっているか、わたしにはわかるような気がした。

　彼はつづけた。「ロンドン同時爆破《セヴン＝セヴン》テロ以来、わたしは地下鉄には乗ってない」

クロードを通り越して話しかける声で、父が言った。「以前、こんな計算を見たことがある。もしも人種間のセックスがいまのペースで進むとしたら、五千年後には、地球上のすべての人間が薄いコーヒー色の肌になるだろうってね」

「わたしはそれに乾杯するわ」と母が言う。

「わたしも本気で反対しているわけじゃない」とクロードが言う。「それじゃ、乾杯」

「人種の終わりに」と父は調子を合わせて言ったが、カップを持ち上げた気配はなかった。その代わり、当面の問題に話題を切り替えた。「差し支えなければ、金曜日にエロディといっしょに立ち寄るよ。カーテンのために寸法を測りたいと言っているんだ」

納屋の二階から百キロもある穀物の袋が床に投げ下ろされたみたいだった。さらにふたつめ、三つめと。母の心臓の音がそんなふうに聞こえたのだ。

「いいわよ、もちろん」と言った声は穏やかだった。「ランチをいっしょにどうかしら？」

「ありがたいが、ちょっと忙しいのでね。さて、そろそろ行かなくちゃ。道路が混んでいるから」

椅子の脚が床をこする音——床が脂っぽいにもかかわらず、下のほうで聞いていると、まるで犬が吼えたみたいに、なんともやかましい音だった。ジョン・ケアンクロスは立ち上がった。ふたたび愛想のいい口調に戻って、「トゥルーディ、ほんとうに——」

しかし、彼女も立ち上がりながら、全速力で考えていた。腱に力が入り、大網膜のひだがこわばるのがわかった。これが最後の一投で、すべてはその言い方の何気なさにかかっていた。彼の言葉をさえぎって、彼女はふいに大真面目な口調で言った。「ジョン、あなたが帰る前に、これだけは言っておきたいの。わたしもときには気むずかしくなったり、ひどく嫌な女になったりすることさえある。それはわかっているわ。こんなことになったのは、半分以上わたしの責任よ。それもわかっているの。家がひどく散らかっているのも済まないと思う。でも、きのうの夜、あなたが言ったこと。あのドゥブロヴニクのこと」

「ああ」とわたしの父が肯定した。「ドゥブロヴニクね」しかし、彼はすでに数フィート遠ざかっていた。

「あなたの言ったとおりだったわ。あのころのことをすっかり思い出して、わたしは心を揺さぶられた。傑作だったのよ、ジョン、わたしたちが創り出したものは。そのあとに起こったことで、その価値が下がることはない。ほんとうにあなたの言ったとおり、あれはとてもすてきだった。将来何が起こるとしても、それが洗い流されてしまうことはないわ。だから、わたしのグラスには水しか入っていないけれど、あなたのために、わたしたちのために乾杯したい。そして、わたしに思い出させてくれたことに感謝したいの。愛が長持ちしたかどうかは重要じゃない。大切なのはそれが存在したということなんだから。だから、あのころのままの、わたしたちの愛に。そして、エロディに」

トゥルーディはグラスを口に持っていった。喉頭蓋が上下に動き、グルグルという蠕動運動のせいで一瞬なにも聞こえなくなった。わたしが知ってからいままで、母がスピーチするのを聞いたことは一度もなかった。すこしも彼女らしくなかったが、妙になにかを思い出させた。何を？緊張した女生徒、新しく首席になった女生徒が、校長や教職員や全校生徒の前で、身震いしながらも挑戦的に、決然たる口調で月並みなスピーチをしているみたいに感動的だった。

愛に、したがって死に、エロスとタナトスに乾杯。ふたつの観念がかけ離れているか、相反しているとき、それらは深く結びついているとされるのが知的生活の所与らしい。死は人生のすべてと対立するから、さまざまな組み合わせが提起される。芸術と死。自然と死。ちょっと不安になるが、誕生と死。そして、うれしそうに繰り返される、愛と死。この最後について、わたしのいまの立場から言えば、これほどたがいに相容れないものもない。死者はだれも、なにも愛さない。外界に出て、動きまわれるようになりしだい、わたしは小論文を書いてみるかもしれない。世界はフレッシュな顔をした経験主義者を待ち焦がれているのだから。

父がしゃべりだしたとき、その声は近くから聞こえた。またテーブルに戻ってきたのである。「まあ」と彼はこの上なくやさしい声で言った。「それがわたしが言わんとしたことだ」父はあの愛情のこもった、死に至るカップを手に取ったにちがいなかった。

わたしは、もう一度、両の踵で蹴った。父の運命に逆らおうとして蹴った。

「あっ、あっ、わたしのかわいいモグラちゃんが」と母が甘ったるい、母性的な声で言った。「目を覚ましたようだわ」

「きみはわたしの弟を忘れているぞ」とジョン・ケアンクロスが言った。そんなふうに乾杯する対象を付け加えるのは、高潔な詩人気質からだろう。「わたしたちの未来の恋人たち、クロードとエロディに」

「それじゃ、わたしたちみんなに」とクロードが言った。

沈黙。母のグラスはすでに空になっていた。

それから、父のフーッという満足げなため息。すこし大げさなのは単に礼儀からだった。「いつもより甘いな。しかし、これも悪くない」

テーブルに発泡スチロールのカップを置くうつろな音が聞こえた。

漫画のなかの電球の絵みたいに、パッと記憶がよみがえった。ある雨の朝、トゥルーディが朝食のあと歯を磨いているときだった。ペットの世話についての番組で、その危険性が詳しく説明されていた。不運なその犬は、ガレージの床にこぼれていた甘い緑色の液体を舐めて、数時間後に死亡したのである。まさにクロードが言ったとおりだった。化学反応には慈悲もなければ、意図や後悔もない。番組の残りは母の電動歯ブラシの音で掻き消されたが、わたしたちはペットのあの犬とおなじ法則に縛られており、非存在の太い鎖がわたしたちの首にも巻きついているのである。

「さて、そろそろ退散しようかな」と父は言ったが、その言葉に本人が意識している以上の意味があることには気づかなかった。

クロードとトゥルーディが立ち上がった。毒殺という技巧のなかで、ここそまさに否応なく身震いさせられる部分だった。物質はすでに摂取されたが、まだ行為は完結していない。ここから二マイル以内に病院はたくさんあるし、胃の洗浄器もいくらでもある。しかし、犯罪行為との境界線はすでに踏み越えられている。その行為をいまさら引き戻すことはできない。彼らはただあとに下がって、それとは逆の結果を、不凍液で彼が冷たくなるのを待つことしかできない。

クロードが言った。「これは兄貴の帽子かい？」

「ああ、そうだ！　持っていくよ」

わたしが父の声を聞くのはこれが最後になるのだろうか？

わたしたちは階段のほうに移動し、それから、詩人を先頭にして、のぼっていった。わたしには肺はあるが、警告の叫びをあげたり、わが身の無力を嘆いて泣いたりするための空気はない。わたしは依然として海の生き物で、ほかの人たちのような人間ではないのである。わたしたちは玄関ホールのゴミ溜めを通り抜ける。玄関のドアがあけられる。父が振り向いて、母の頬にキスをし、弟の肩に愛情のこもったパンチを見舞う。こんなことをしたのは生まれて初めてかもしれない。

外に出ていきながら、父が肩越しに大声で言った。「あのしょうもないポンコツのエンジンがかかればいいんだが」

11

夜更けに酔っ払いどもが種を蒔いた蒼白くてか細い植物が、成功という遠くの陽光をもとめて悪戦苦闘する。計画はこうである。ハンドルをにぎったまま死んでいる男が発見される。車の後部座席の床には、ほとんど目につかないような場所に、カムデン・タウン・ホール近くのジャッド・ストリートの店のロゴが記された発泡スチロールのカップがある。カップのなかには、グリコールが加えられた、ピューレ状のフルーツ・ドリンクの残り。カップのそばには、その致命的な毒物の空になったボトル。その隣には、その日の日付が記されたレシートが捨てられている。

運転席の下に落ちているのは何枚かの銀行の口座明細書——零細出版社のもののほか、個人口座のものもあり、どちらも数万ポンドの当座貸し越しになっている。そのなかの一枚（トゥルーディの〝あれ〟）には、故人の筆跡で〝もうたくさんだ！〟と殴り書きされている。明細書のそばには、故人が乾癬を隠すためにときどき使っていた手袋。それになかば隠されるようにして、最近の詩集を酷評した新聞のページをまるめたもの。助手席には黒い帽子。

ロンドン警視庁は人手不足で、過重労働ぎみになっている。若手の刑事たちは——と年配の連中がこぼすのだが——画面上で捜査をして、靴底をすり減らそうとしない。ほかに捜査しなければならない血なまぐさい事件があるとき、この件では都合のいい結論が用意されていた。使われた手段は普通ではないが稀でもなく、容易に入手可能で、味も悪くなく、大量に摂取すれば致命的で、犯罪小説家にはよく知られている。聞き込みの結果、借金があっただけでなく、結婚も破綻しており、妻は故人の弟と同棲していて、本人は数カ月前から鬱状態だった。乾癬のせいで自信を失っていた。それを隠すために手袋をしていたことが、カップや不凍液のボトルに指紋がなかった理由を説明していた。〈スムージー・ヘヴン〉の監視カメラに、帽子をかぶった彼の姿が映っていた。その朝、彼はセント・ジョンズ・ウッドの自宅に向かう途中だった。どうやら、父親になることや、事業の失敗、詩人としての挫折、ショアディッチでの借家生活の孤独に耐えられなくなったのだろう。妻と喧嘩をしたあと、彼は悲嘆にくれて出ていった。妻は自分のせいだと考えており、事情聴取を何回か中断しなければならなかった。故人の弟も立ち会ったが、きわめて協力的だった。

現実をこんなにも容易に、こんなにも細部にわたってあらかじめ準備しておけるだろうか？

母とクロードとわたしは、あけたままの玄関のドアのそばで、緊張して待っていた。ひとつの行為の着想と実行のあいだには、恐ろしいほどさまざまな偶然性の絡み合いがある。最初の試みでは、エンジンはまわったが、スタートはしなかった。べつに驚くことではなかった。その車は夢見がちなへボ詩人のものなのだから。二回目の試みでも、ゼイゼイいっただけ、三回目もおなじだった。スターターは、体力が衰えて咳払いもできない老人みたいな音を発した。もしもジョン・ケアンクロスが目の前で死ねば、わたしたちはみんな刑務所行きになるだろう。彼が生き延びても、やはりおなじことだろうが。彼はもう一度試す前にちょっと間をあけて、幸運を祈った。四回目は三回目より弱々しかった。フロントガラスのなかからわたしたちに向かって肩をすくめる姿が目に浮かぶ。反射する夏の雲のなかにほとんど埋もれているだろうけど。

「ああ」と、実際的な男であるクロードが言った。「キャブがオーバーフローしちまうぞ」

母の内臓がなけなしの希望の管弦楽曲を奏でていた。けれども、五回目で、変化が起こった。ゆっくりあえぐような音、と同時に滑稽なボンボンという音がして、エンジン内部で燃焼がはじまった。トゥルーディとクロードの悪戦苦闘する植物から、希望に満ちた芽が出たのである。車がバックして道路に出たとき、わたしたちに吹きつけた青い排気ガスのせいだと思うが、母は一時咳きこんだ。それから、わたしたちは家のなかに入って、ドアがピシャリと閉ざされた。

わたしたちはキッチンには戻らずに、階段を上がった。言葉は一言も交わされなかったが、その沈黙の質――どろんとしたクリーム状――が、わたしたちをベッドルームへ引き寄せているのが疲労と酒以上のものであることを暗示していた。惨めな上にさらに惨めさを積み重ねる。こんなに残酷で不当な仕打ちがあるだろうか。

五分後。ここはベッドルームで、すでに事ははじまっている。クロードが母の横にひざまずいているが、すでに裸になっているのかもしれない。母の首筋に彼の息がかかる音が聞こえる。彼は母の服を脱がしている。それこそいままで彼が見せたこともない官能的な寛大さの頂点と言ってもいいだろう。

「気をつけて」とトゥルーディが言った。「このボタンは真珠なんだから」

うなり声が彼の返事だった。彼の指は不器用で、自分自身のためにしか動こうとしない。彼あるいは彼女のなにかがベッドルームの床に落ちた。靴の片方か、重たいベルトが付いているズボンか。彼女は奇妙に身もだえしている。焦れったいのだ。彼が二度目のうなり声というかたちで命令を発する。わたしは身を縮めた。これは醜悪だ。予定日がこんなに近いのに、けっしていいことはない。何週間も前から、わたしはそう言いつづけているのに。わたしは苦しむことになるだろう。

従順に、トゥルーディは四つん這いになる。後背位、ワンワンスタイル。だが、わたしのためではない。番《つが》っているヒキガエルみたいに、彼は彼女の背中に張りつく。彼女の上に、いまや中に、深々と。わたしの父親殺しの下手人になろうとしている男とわたしを隔てているのは、不実な母のほんの小さな部分でしかない。この土曜日の真昼時、セント・ジョンズ・ウッドでは、なにひとつおなじではなかった。これはもはや、わたしのできたての頭蓋の健全性を脅かす、いつものの束の間の激情に駆られた逢い引きではなかった。そうではなくて、ねばねばするもののなかで溺れるような、沼のなかを鈍重ななにかが這いまわっているようなもの。粘つく膜が、方向転換するたびにかすかに軋む音を発して、こすり合わされる。何時間もかけて陰謀をめぐらせた結果、共謀者たちはからずも熟慮のための性行為という手管を弄するはめになったが、ふたりのあいだにはどんなやりとりもなかった。ただ機械的にゆっくりと掻きまわすだけで、パワーを半開にして黙々と動くなにかの生産工程みたいだった。彼らの望みはただ放免されること、タイムレコーダーを押して退社すること、ほんのわずかなあいだでも自分たち自身から逃れて小休止することだった。そして、彼らがほぼ連続して頂点に達すると、母は恐怖にあえぐ声をあげた。そのあと戻らなければならないものに、これから見ることになるかもしれないものに恐れおののいたのだろう。彼女の愛人は今回のシフトでは三度目のうめき声を洩らした。彼らはシーツに仰向けに倒れた。それから、わたしたちはいっしょに眠りこんだ。

引きつづく午後、その長い単調な時間に、わたしは初めての夢を見た。フルカラーで、視覚的な奥行きもゆたかな夢。夢と目覚めている状態を分かつ境界線ははっきりしなかった。柵もなければ、森林地帯の防火帯のようなものもなく、ただ反対側に移る地点に、無人の見張り小屋があるだけだった。新米はだれでもそうなのだろうが、この新しい土地では、初めはすべてがぼんやりしていた。形のない塊、薄闇のなかで揺れ動く形、人や物は溶けだして、丸天井の下でだれとも知れぬ声が唄をうたったり話したりしている。そこを通りすぎていくわたしは、手の届かない名づけようもない後悔に苦しめられ、義務あるいは愛を裏切って、だれかあるいはなにかをあとに残してきたように感じていた。それから、すべてがすばらしく明瞭になった。わたしが捨てられた日には、冷たい霧が立ちこめ、それから三日間、わたしは馬の旅をつづけた。轍《わだち》が抉られた狭い道に不機嫌なイギリスの貧者の列が延々とつづき、テムズが氾濫した草原には巨大な楡の木がそびえ立っていた。やがて、よく知っている街の興奮と喧騒。通りには家の壁みたいに強靭な人間の排泄物の臭い。だが、狭苦しい角を曲がると、それがローズマリーと肉の焼ける匂いに取って代わられた。わたしがあるみすぼらしい入口に入っていくと、黒い梁の下の暗がりのなかで、わたしとおなじくらいの歳の若者がテーブルに着き、陶器のジャグからワインを注いでいた。そのハンサムな男が、染みだらけのオークのテーブルの向こう側から身を乗り出して、彼の頭のなかにある物語でわたしをとらえて放さない。彼が書いたのか、それともわたしが書いたのか。それに関する意見を求めているのか、それとも自分の意見を言いたいのか。あるいは、訂正したいと思っているのか。事実を一箇所だけ。でなければ、どうつづけるべきかわたしに教えてもらいたがっているのか。この男とわたしの違いが曖昧なところが、わたしが彼に抱いている愛情の一側面だったが、この愛情がわたしが抜け出したいと思っている罪悪感をほとんど揉み消してしまいそうだった。外の通りで鐘が鳴り響いた。わたしたちは押し合いながら外に出て、葬列を待った。これが重要人物の葬式だということを、わたしたちは知っていた。葬列はなかなか現れなかったが、鐘は相変わらず鳴りつづけている。

＊＊＊

ドアベルが鳴っているのを聞きつけたのは母だった。新奇な夢＝論理からゆらゆらと上昇しおえる前に、彼女はドレッシング・ガウンをはおって、階段を下りていった。そして、階段の最後の部分に差しかかったとき、驚きの叫びを発した。眠っているあいだに、ゴミの山が片付けられていたからにちがいない。ベルがもう一度、大きく、焦れったそうに鳴った。トゥルーディがドアをあけながら、大声で言った。「どうしたのよ！　酔っ払っているの？　わたしはできるだけ速く——」

　彼女は口ごもった。もしも自分を信じていたら、ひどく怖れるあまりわたしにはすでに見えていたものを見ても、驚くことはなかっただろう。警察官がひとり、いや、ふたりいて、帽子を脱ごうとしていた。

　親切な、父親的な声が言った。「ミセス・ケアンクロス、ジョンの奥様ですか？」

　彼女はうなずいた。

「クローリー巡査部長です。非常に悪いお知らせがあるんです。入ってもよろしいでしょうか？」

「ああ、神様」と言うのを母は忘れなかった。

　彼らはわたしたちのあとに付いて、めったに使わないのでほぼきれいな居間に入った。もしも玄関ホールが片付けられていなかったら、わたしの母はただちに容疑者になっていただろう、とわたしは思う。警察の仕事は直感的なのだ。完全には消えない臭いが残っていたが、これはエキゾティックな料理の匂いと容易に混同されるだろう。

　別のもっと若い声が、兄弟のような気づかいを見せて、言った。「坐っていただいたほうがいいと思います」

　巡査部長が凶報を伝えた。ミスター・ケアンクロスの車がロンドンから二十マイルの地点の、北へ向かう高速道路M1号線の停車帯で発見された。ドアがあいたままで、すぐ近くの草の生えた土手に、彼はうつ伏せに倒れていた。救急車が呼ばれ、病院に緊急搬送するあいだに蘇生処置が施されたが、彼はその途中で死亡した。

水中の深みから泡が立ち昇るような泣き声が、母の体のなかから、わたしのなかから湧き起こり、心配して見守っている警察官たちの顔面めがけて爆発した。

「ああ、神様！」と彼女は叫んだ。「けさ、わたしたちは恐ろしい大喧嘩をしたんです」彼女は体をまるめた。両手を顔にあてがって、震えはじめるのをわたしは感じた。

「これはお伝えしなければならないことなので」とおなじ警察官が言って、そこで間をおく気配りを見せた。出産間近でありながら寡婦になった女に対する二重の気づかいからである。「きょうの午後、われわれはあなたに連絡しようとしたのです。彼の友人が遺体の身許を確認しました。第一印象では自殺ではないかと思われます」

母が背筋を伸ばして、叫び声を発したとき、わたしは彼女への愛に圧倒され、失われたすべて──ドゥブロヴニク、詩、日々の暮らし──に打ちひしがれた。彼が彼女を愛したように、彼女も一度は彼を愛したのだ。この事実を呼び起こし、ほかのことを忘れることで、彼女の演技はいちだんとレベルアップした。

「わたしは……わたしは彼を引き留めるべきだったんです。ああ、なんてことでしょう。すべてはわたしが悪いんです」

よく見える場所に、事実の背後に隠れるなんて、なんと頭のいいことか。

巡査部長が言った。「そんなふうにおっしゃる人がよくいますが、そうすべきではありません。そうしてはならないんです。自分を責めるのは間違っています」

深く息を吸って、ため息を洩らす音。彼女はなにか言いかけて、口をつぐみ、もう一度ため息をついて、勇気を奮い起こした。「説明しておくべきだと思います。わたしたちはうまくいっていなかったんです。彼は別の女《ひと》と付き合っていて、家を出ていきました。そして、わたしも……。彼の弟と同棲するようになったんです。ジョンはそれにショックを受けていました。だから、わたしは言ったんです……」

彼女のほうから先にクロードを引き合いに出して、警察が調べればわかるにちがいないことを教えたのである。こういう極端な心理状態のときなら、たとえ「わたしが彼を殺した」と白状したとしても、彼女は安全だったろう。

マジックテープを剝がすベリベリッという音がして、手帳のページをめくる音、鉛筆がサラサラいう音が聞こえた。彼女は冴えない声でリハーサル済みのすべてを語って、最後にはふたたび自分の罪悪感にふれた。あんな状態の彼を車で帰らせるべきではなかったのだと。

若いほうの男が恭しげに言った。「ミセス・ケアンクロス、あなたには知りようがなかったんです」

すると、彼女はふいに方針を変えて、ほとんど不機嫌に聞こえる声で言った。「わたしにはまだ理解できていないのかもしれません。これがほんとうなのかどうかさえ信じられないんです」

「それはよくわかります」と言ったのは父親的な巡査部長だった。礼儀正しい咳払いをして、彼と同僚は立ち上がり、出ていこうとした。「どなたか呼べる人がいらっしゃいますか？ そばにいてくれるような人が？」

母はどう答えるべきか考えた。彼女はふたたび体をまるめて、顔を両手のなかに埋めた。そして、指の隙間から生気のない声で言った。「いま義理の弟がここに来ているんです。階上《うえ》で眠っています」

法の番人たちは意味ありげな目くばせを交わしたのかもしれない。ほんの形だけでも懐疑心を抱いてくれれば、わたしとしてはありがたいのだが。

「適当なときに、その方からもお話をうかがいたいと思います」と若いほうが言った。

「このことを知ったら、彼はきっと死ぬ思いをするでしょう」

「いまは、ふたりきりになりたいのではないかとお察しします」

ほら、まただ。この仄めかし。これこそまさに警察が――わたしではなくて国家《リヴァイアサン》が――復讐してくれるかもしれない、というわたしの臆病者らしい希望を支える細い命綱だった。

わたしは、いろんな声が聞こえないところで、ちょっとひとりになる必要があった。トゥルーディの技巧に感嘆し、すっかり心を奪われていたせいで、自分自身の悲しみの淵を覗きこむゆとりがなかった。それだけではない。母への愛が憎しみとともにふくれ上がっていくという不可解さ。彼女はわたしのひとりしかいない親になった。彼女なしでは、その包みこむような緑色の瞳に笑いかけ、愛情のこもった声で耳をくすぐられ、冷たい手でわたしの大切な部分の世話をしてもらうことなしには、わたしは生きていけないのだ。

警察官たちは立ち去った。母は重たい足取りで一歩ずつ階段をのぼっていく。片手でしっかりと手摺りにつかまりながら。一歩＝二歩、小休止。一歩＝二歩、小休止。かすれかけた声で繰り返し鼻歌をうたっている。鼻から洩れる憐れみの、あるいは悲しみのうめき声。ンンン……ンンン。わたしは彼女をよく知っている。なにかがはじまろうとしているのだ。計算への前奏曲。彼女は陰謀を企んだ。それはまったくの思いつき、悪意あるお伽噺にすぎなかった。だが、いま、その空想的な物語は彼女から離れていこうとしていた。それは、わたしがこの午後にやったように――ただし反対方向に――境界を越えて、無人の見張り小屋の前を通りすぎ、彼女に反旗をひるがえし、社会的な現実の、日常的な世界の退屈な繰り返しの、他人との関わりや、約束や、義務や、ビデオカメラや、非人間的な記憶をもつコンピューターの側に、つまり、行為の結果の側につこうとしていた。物語は怖れをなして退散してしまったのである。

酒と不眠で叩きのめされ、わたしを上のほうに運びながら、彼女はベッドルームへ上がっていく。〈こんなことがうまくいくはずはなかったのに〉と彼女は考えていた。〈ちょっとしたばかげた悪意にすぎなかったのだから。わたしに罪があるとすれば、間違えたことだけだわ〉

次の一歩を踏みだすときは近づいていたが、彼女はまだそうしようとはしていなかった。

12

わたしたちはぐっすり眠っているクローードに近づいていく。こぶみたいな塊に。釣鐘形の曲線をえがく、寝具でくぐもった寝息に。吐くときには、長々と気張っているようななり声になり、終点近くでは電気的なシューシューという音のフリルが付く。それから、長い停止。彼を愛しているのなら、あれが最期のひと息だったのかもしれないと心配になるだろうが、愛していないのなら、そうだったのかもしれないという希望が湧く。けれども、やがて、短めの、むさぼるような吸気がはじまる。空気で乾燥した粘膜がゴロゴロいう音がやかましく、それが頂点に達すると、柔らかい口蓋がプルルルーッという凱歌をあげる。音が大きくなったので、わたしたちが彼のすぐそばに近づいたことがわかる。トゥルーディが彼の名前を呼んだ。彼がシューシューいいながら下降しているとき、彼のほうに手を伸ばすのが感じられた。彼女はもどかしそうだった。自分たちの計画の成功を早く分かち合いたくてじりじりしていたので、肩にふれた手つきはやさしくなかった。彼は、まるで兄の車みたいに、咳をしながら目を覚ましかけたが、質問を口にするまでに数秒かかった。

「くそ、何だよ？」

「死んだわ」

「だれが？」

「何言ってるの！　目を覚ましてよ」

睡眠のもっとも深い段階から引き出されたクロードは、ベッドの端に腰かけて——とマットレスがぼやいた——、神経回路が彼を人生の物語に復帰させてくれるのを待たなければならなかった。そういう回路はつながっているのが当たり前だと思わないくらいには、わたしもまだ若かった。ところで、彼の物語はどこまで進んでいたんだっけ？　ああ、そうだ、兄貴を殺そうとしているところだった。ほんとうに死んだのだろうか？　ようやく、彼はいつものクロードに戻った。

「ふむ、そいつは驚きだ！」

いま、彼は起き上がる気になっていた。午後六時だ、と彼は気づいた。元気になって、立ち上がり、骨や筋をギシギシいわせながら、運動選手みたいに両腕を伸ばした。それから、ビブラートをきかせて陽気に口笛を吹きながら、ベッドルームとバスルームのあいだを往復した。これまでに聞かされてきた軽音楽から、わたしにもそれが『栄光への脱出』のテーマ曲だとわかった。わたしのできたての耳には、その爛熟したロマンティックなスタイルはやけに仰々しく聞こえたが、クロードの耳には贖罪の交響詩に聞こえるのだろう。彼は満足そうだった。そのあいだ、トゥルーディは黙ってベッドに坐っていた。なんだかなにかが起こりそうだった。やがて、重たい平板な口調で、彼女は警察官の訪問とその親切さ、遺体の発見、死因の初期的な推定について話した。悪い知らせとして伝えられたそのひとつひとつに、クロードはいちいち「すばらしい」と合いの手を入れた。そして、前にかがみ込んで、うめきながら靴の紐を結んだ。

「帽子はどうしたの？」と彼女が言う。

わたしの父のつば広の中折れ帽《フェドーラ》のことだった。

「見なかったのか？　わたしが彼に渡したじゃないか」

「彼はそれをどうしたの？」

「出ていくとき、手に持っていたよ。心配ないさ。心配のしすぎだよ」

彼女はため息をついて、ちょっと考えた。「警察はとても親切だったわ」

「未亡人だからな」

「わたしは信用していないわ」

「じっとしていればいい」

「戻ってくるわよ」

「じっと……していることだ」

語気を強めてそう言ったが、途中で一瞬意地悪げに、あるいは怒ったように、口ごもった。いま、彼はふたたびバスルームにいて、髪にブラシを当てていたが、もう口笛は吹いていなかった。空気が変わりつつあった。

トゥルーディが言った。「あなたからも話を聞きたいと言っていたわ」

「当然だな。弟だから」

「わたしたちのこと、話したわ」

一瞬、間があいたが、それから彼が言った。「ちょっとドジだったな」

トゥルーディは咳払いをした。舌が乾いている。「そんなことないわ」

「彼らが気づくまで待っていたら、なにか隠そうとしていたと思われるわ。だから先手を打ったのよ。ジョンはわたしたちのことで鬱状態だったって言ってやった。もうひとつ理由が増えたわけよ。彼が――」

「わかった、わかった。悪くない。実際そうだったのかもしれないし。しかし」彼女にはどこまで言うべきかよくわからなかったので、彼は言葉を濁した。

じつは、ジョン・ケアンクロスは、彼女に殺されなくても、彼女を愛するあまり自殺したかもしれない、と言ってやりたかったのである。この再帰的な考えには哀感《ペーソス》と罪悪感の両方がある。クロードのくだけた、ぶっきらぼうでさえある口調を彼女は好ましく思っていないだろう、とわたしは推測している。単なる推測にすぎないけれど。人はたとえどんなに親密になっても――たとえ体のなかに入っていても――、相手の内側に入ることはできないのだから。彼女は傷ついたと感じているのだろう。しかし、いまはまだ、彼女はなにも言わなかった。そのうち黙っていられなくなるにちがいなかったけれど。

むかしからの疑問が頭をもたげる。クロードは実際どのくらい馬鹿なのだろう？　バスルームの鏡のなかから、彼は彼女の考えを追っていた。ジョン・ケアンクロスのことで感傷的になっている気分を転換させる方法がある。彼は大声で言った。「警察はあの詩人からも話を聞きたがるだろう」

エロディを思い出させることが一種の鎮痛剤になり、トゥルーディの全身の細胞が夫の自業自得の死を認める気になった。彼女はジョンを愛している以上にエロディを憎んでいた。エロディは苦しむことになるだろう。血液によって運ばれる至福感がわたしの体内を駆けめぐり、わたしはたちまち興奮状態になり、完璧にブレイクする寛容と愛情の波によって、前方に投げ出された。高々と傾斜して、滑らかなチューブになった波がわたしを押し出して、クロードに好意をもちはじめる場所にまで運ぼうとした。だが、わたしはそれに抵抗した。母の気分が昂揚するたびに二番煎じでそれを受けいれて、彼女の犯罪にますます堅く結びつけられていくなんて、なんと恥さらしなことだろう。とはいえ、彼女を必要としているときに、自分を彼女から切り離すのはむずかしかった。こんなふうに感情が掻きまわされていると、牛乳がバターになるように、必要性が愛に転化してしまいそうだ。

彼女はやさしい、考え深げな声で言った。「ええ、そうね、警察はエロディからも話を聞く必要があるでしょう」それから、「クロード、わたしがあなたを愛しているのはわかっているわね」と付け加えた。

けれども、それは彼の耳には入らなかった。あまりにもしばしば聞かされていたからである。

その代わりに、彼は言った。「ことわざにもある、あの壁の蝿になるのも悪くないかもしれない」
おいおい、ことわざにある蝿だって、壁だって！（こっそり人を観察することを〝壁の蝿になる〟というが、ことわざではない）彼はいつになったらわたしを苦しめずにしゃべれるようになるのだろう？　しゃべるというのは考えることでもあるのだから、彼は見たとおりの馬鹿なのにちがいない。

　バスルームの反響音のなかから出てくると、彼は話題を変えて、軽い口調で言った。「買い手が見つかったかもしれないんだ。まだなんとも言えないけど。しかし、それについてはあとで話そう。警察は名刺を置いていったかね？　名前を知りたいんだが」

　彼女は思い出せず、わたしもおなじだった。彼女の気分はまたもや変わりかけていた。たぶんじっと彼を見つめながらだと思うが、彼女は簡潔に言った。「彼は死んだのよ」

　それは、実際、驚くべき事実で、ほとんど信じがたい、重大なことだった。たったいま世界大戦がはじまったかのように。総理大臣が国民に語りかけ、家族は身を寄せ合い、当局があきらかにしない理由から照明が暗くなったかのように。

　クロードは彼女のすぐそばに立っていた。彼女を引き寄せると、片手が彼女の太腿にあてがわれた。彼らは、たがいに舌を深く差し入れ、息を絡み合わせて、長々とキスをした。

「完全にね」と、彼は彼女の口のなかにささやいた。彼の硬くなったものがわたしの背中に当たっていた。それから、さらに小声でつづけた。「わたしたちがやったんだ。いっしょに。じつにみごとだった」

「そうね」と彼女はキスの合間に言った。衣擦れの音で、声が聞こえにくかった。彼女はクロードほどはその気になっていないのかもしれない。

「愛しているよ、トゥルーディ」

「わたしもよ」

どことなく熱のない言い方だった。彼女が前に出ると、彼は引き下がるが、いまはその逆だった。これが彼らのダンスなのだ。

「さわってくれ」命令ではなく、小声で、懇願するように言った。彼女はファスナーを引き下げた。犯罪とセックス、セックスと罪悪感。これらもまた対になっているようだ。彼女の指のしなやかな動きが快楽を運んでくる。しかし、充分ではなかった。彼は彼女の肩を押し下げた。彼女はひざまずいて身をかがめ、〝彼のもの〟――わたしは彼らがそう言うのを聞いたことがあった――を口に含む。自分がそんなことをして欲しがるとは想像もできないけれど。しかし、ありがたいことに数インチ離れたところでクロードを満足させられるなら、わたしは肩の荷を下ろしたようなものだ。もっとも、彼女が飲みこんだものが栄養としてわたしにまで到達して、わたしもちょっと彼に似てしまうかもしれないのが気になるが。そうでなければ、人食い人種が愚鈍な人間を食べないようにしたりはしないだろうから。

ほとんどあえぐ間もなく、すぐに終わった。彼は後ろに下がって、ファスナーを閉じる。わたしの母は二度飲みくだした。彼はお返しになにもしないが、彼女も望んでいないのだろう。彼のわきをすり抜けて、ベッドルームを横切り、ベッドに背を向けて、窓際に立った。高層アパート群を眺めているにちがいない。いまや、そこでのわたしの不幸な将来が近づいていた。彼女はそっと、独り言みたいに、繰り返した。というのも、彼はまたバスルームに舞い戻って、水をバシャバシャやっていたからである。「彼は死んだ……死んでしまった」なんだか確信できないような言い方だった。そして、数秒後に、「ああ、神様」とつぶやいた。脚が震えている。泣きだすのだろうか。いや、これは涙を流すにはあまりにも深刻すぎた。彼女はこのニュースをまだ完全には理解していないのだ。密接に結びついたふたつの事実は巨大であり、彼女はあまり近くに立っているので、その二重の恐ろしさの全体像が見えていないのである。彼の死と、そのために自分の果たした役割。

　わたしは彼女とその自責の念を憎んだ。どうしてジョンからクロードに、詩歌から決まり文句の垂れ流しに鞍替えしたのか？　どうしてむさくるしい豚小屋に身を落として（『ハムレット』第三幕第四場のハムレットの台詞）、愚鈍な愛人と汚穢のなかを転がりまわり、汚物とエクスタシーのなかに身を横たえて、家泥棒を計画し、やさしい男にとてつもない苦痛と屈辱的な死を課すなどということをしたのか？　しかも、いまになって、自分がやったことに息を呑み、身震いするなんて。あたかも殺したのは別のだれかだったかのように——脳を毒に冒されて、自分をコントロールできなくなり、閉鎖病棟から逃げ出した哀れな女だったかのように。凶悪な衝動を抑えられない、醜い、チェーンスモーカーの女だったかのように。長年一家の恥さらしで、「ああ、なんてことだ」とため息をつかれ、わが父の名前を恭しくささやかれる女だったかのように。いまや彼女は、おなじ日のうちに顔を赤らめることもなく、殺人から自己憐憫に継ぎ目もなく移行しようとしているのだった。

　クロードが彼女の背後に現れた。もう一度彼女の肩に置かれた両手は、オーガズムによって解放されたばかりの男、実際的なことや——頭をボーッとさせる勃起とは相容れない——世俗的な思案をする気になっている男のそれだった。

「じつは、いつだったかどこかで読んだんだが、いまになって思い出した。ほんとうはそれを使うべきだったんだ。ジフェンヒドラミン。抗ヒスタミン剤の一種だが。スポーツバッグに入れられて鍵をかけられた状態で発見されたあのスパイに、ロシア人が使ったって言われているやつだ（二〇一〇年ロンドンでのMI6職員変死事件）。耳にそそぎ込んだんだ。そして、現場を立ち去る前に、薬物が痕跡を残さずに組織に吸収されるように、暖房を強くしていった。バッグを空のバスタブのなかに置いたのは、液が下のアパートに洩れるのを避けるためだろう――」

「もうたくさん」鋭い声ではなかった。むしろあきらめたような口調だった。

「そうだな。もうたくさんだ。とにかくうまくいったんだから」彼は低い声でうたった。「頭はいかれてるし、やり方が乱暴すぎるけど、おれたちはやってのけたんだあ」母の足下のベッドルームの床が軋んだ。彼がちょっと踊ってみせたのである。

彼女は振り向こうともせず、じっと身じろぎもせずに立っていた。わたしがたったいま彼女を憎んだのとおなじくらい、彼女は彼を憎んでいた。いま、彼は彼女の横に来て、おなじ景色を眺めながら、彼女の手を取ろうとした。

「肝心なのはこれだ」と彼は偉そうに言った。「警察はわたしたちから別々に話を聞こうとするだろう。だから、口裏を合わせておく必要がある。それでだ。彼はけさ、やってきた。コーヒーのために。ひどく落ちこんでいた」

「わたしたちは喧嘩をした、とわたしは言ったわ」

「わかった。いつ？」

「彼が出ていく直前よ」

「何について？」

「ここを出ていってほしいと彼が言ったからよ」

「よし。それでだ。彼はけさ、やってきた。コーヒーのために。ひどく落ちこんでいて——」

彼女はため息をついた。わたしだってそうしただろう。「ねえ。すべてほんとうのことを言えばいいのよ。ただスムージーのことだけをマイナスして、喧嘩をプラスして。リハーサルする必要はないわ」

「わかった。今夜。今夜、わたしがカップを処理する。例のものも。敷地を三つ隔てた向こうに。それからもうひとつ。彼はずっと手袋をしていた」

「わかってるわ」

「それから、キッチンを掃除するとき、スムージーのかすかな痕跡も——」

「わかってるわ」

彼は彼女のわきから離れて、すり足で部屋を歩きまわった。成功を感じて、落ち着かず、むずむずそわそわしているのだ。彼女もおなじでないことが彼にはもどかしかった。いろいろやることがある、というわけではないとしても、計画しておくべきことがある。彼はそれに手をつけたかった。とはいっても、何に？　彼はなかば鼻歌、なかば新しいなにかの唄をうたっていた。

「ベイビー、ベイビー、アイ・ラヴ・ユー……」わたしは気が気でなかった。彼はわたしたちの背後に戻ってきた。彼女は窓際でじっとこわばったままだったが、彼は危険を察知していなかった。

「売り出しのことだけど」と、唄を中断して、彼が言った。「腹の底では前からそう思っていたんだが、市場価格より安くする必要があるかもしれない。急がなければならない場合もあるから――」

「クロード」

彼女がそっと彼の名前を呼ぶとき、声の高さには二通りあって、一方のほうが他方より低い。警告である。

だが、彼はそのままつづけた。こんなにうれしそうな、これほど好きになれそうもない彼を見たことはなかった。「その男は建設業者兼開発業者だから、物件を見る必要さえないんだ。何平方フィートあるかだけわかればいい。床面積だけど。それで、すぐに現金で――」

彼女は振り向いた。「あなたは気づいていないの？」

「何に？」

「ほんとうにそんなに信じられないほどおめでたいの？」

そのものずばりの質問だった。だが、いまや、クロードの気分も変わっていた。彼も危ない男のような言い方をすることがある。

「どういうことだ？」

「あなたは忘れてるってことよ」

「はっきり言えよ」

「きょう、ほんの数時間前」

「ん？」

「わたしが夫を亡くしたことを――」

「そんな！」

「わたしがかつて愛した男、わたしを愛した男《ひと》、わたしの人生を形作り、それに意味を与えた男……」喉の筋肉が硬直して、それ以上つづけられなかった。

しかし、クロードはすでにがなりだしていた。「わたしのかわいいネズミちゃん、それは大変だ。無《な》くしたんだって？　いったいどこに置いてきたんだい？　最後に見たのはどこだった？　どこかに置いてきちまったにちがいない」

「やめて！」

「無くしたのか！　ちょっと考えさせてくれ。そうだ、思い出したぞ。きみはM１号線の路肩に置いてきたんだ。腹一杯毒を詰めこんで、草の上に寝かしてきたんだよ。まさかそれを忘れていたなんて」

彼はもっとつづけたかもしれなかったが、トゥルーディがさっと腕を振って、彼の顔面を殴った。淑女の平手打ちではなかった。こぶしを固めた一撃で、その拍子にわたしの頭が係留場所から跳ね上がった。

「ほんとうに意地悪ね」と、彼女は驚くほど冷静に言った。「あなたはむかしからずっと妬んでいたのよ」

「それは、まあ」とクロードは言った。声がすこし濁っただけだった。「嘘偽りのない真実だ」

「あなたはけっしてお兄さんみたいな人間にはなれないから、彼を憎んでいたのよ」

「きみは最後まで彼を愛していたのに？」と、もとの声に戻ったクロードは驚いたふりをした。

「ところで、あれは何だったっけ。だれかさんがわたしに恐ろしく気の利いたことを言ったんだけど。きのうの夜だったか、一昨日だったか。『彼には死んでもらうわ。あしたのうちに』とか。兄貴の愛情たっぷりな奥さんじゃあるまいね。兄貴がその人生を形作ったという」
「あなたがわたしを酔わせたからよ。あなたはいつだってそれしか能がないんだから」
「で、翌朝、愛に乾杯しようと提案したのはだれだっけ？　自分の人生を形作った男をうまく説き伏せて、毒のカップで乾杯させたのは？　もちろん兄貴の愛情たっぷりな奥さんじゃないよな。いや、とんでもない。わたしのかわいいネズミちゃんであるものか」

わたしには母のことがわかるし、わたしは彼女の心を知っている。彼女はあるがままの事実に立ち向かおうとしていたのである。この犯罪は、かつては一連の計画の立案とその実行だったが、いま記憶になってみると、動かしがたい、非難がましい、ひとつのオブジェ、森のなかの空き地に置かれた冷たい石の彫像みたいなものになっていた。真冬の厳寒の真夜中、月も欠けて薄暗いなか、トゥルーディは霜に覆われた森の小道を急ぎ足で歩いていく。振り向いて、裸の枝やそれに絡みつく霧を透かして、遠くの彫像に目をやると、その犯罪は、彼女の考えのオブジェは、すこしも犯罪ではなくなっている。それは間違いだった。むかしからそうだった。ずっとそうではないかと思っていたが、そこから遠ざかれば遠ざかるほど、それがますますはっきりとする。彼女は間違っていただけで、悪かったわけではない。犯罪者ではないのである。犯罪は森のなかのどこかほかの場所にある、別のだれかのものにちがいなかった。クロードの根本的な罪深さへとつながるさまざまな事実には、まったく反論の余地はない。あんな冷笑的なしゃべり方をするようでは、彼を弁護することはできないし、むしろ有罪を証明しているようなものなのだから。

だが、それにもかかわらず。それにもかかわらず、彼女は彼を激しく求めていた。彼からネズミちゃんと呼ばれるたびに、ぞくっとする渦巻が、冷たい収縮が会陰部に引き起こされ、その冷やかな鉤針が彼女を狭い岩棚に引きずり下ろし、かつて彼女が恍惚として落ちていった深い割れ目のことを思い出させる。彼女は何度そういう〝死の壁《ウォール・オブ・デス》〟から生還したことか。彼のネズミちゃん！　なんという屈辱。彼の手のなかで踊らされているようなものである。ペット。無力で、臆病で、軽蔑され、使い捨てられるもの。ああ、彼のネズミになるなんて！　狂気の沙汰だとわかっているのに。抵抗するのはあまりにもむずかしい。彼女はそれに抗えるのか？

彼女はひとりの女なのか、それともネズミなのか？

13

クロードのあざけりのあと、わたしには意味が読み取れない沈黙がつづいた。彼は自分の辛辣さを後悔しているのかもしれないし、そよ風の吹く高原のような昂揚感からそらされて腹を立てているのかもしれない。彼女も憤慨しているのかもしれないし、また彼のネズミちゃんに戻りたいと思っているのかもしれない。彼が母のそばから離れていったとき、わたしはそういういくつかの可能性を秤にかけていた。彼は乱れたベッドの端に腰をおろして、携帯の画面をタッチしている。彼女は窓際に立ったまま、部屋に背を向けて、彼女に割り当てられたロンドンの一画を眺めていた。徐々に少なくなっていく夕方の交通、まばらな小鳥の声、菱形の夏の雲、ごたごたと入り組んだ屋根。

　しばらくしてようやく口をきいたとき、彼女の声は不機嫌で、よそよそしかった。「この家を売ろうとしているのは、ただあなたが金持ちになるためじゃないのよ」

　間髪をいれずに答えが返ってきた。相変わらずあざ笑うような、棘のある声だった。「いや、いや。わたしたちはいっしょに金持ちになるのさ。さもなければ、そのほうがよければだが、別々の刑務所で貧乏になるかだ」

　脅しとしてはなかなか気の利いた言い方だった。彼がふたりいっしょに破滅する道を選ぶかもしれないなどと信じられるだろうか？　否定的な愛他主義。他人に嫌がらせをするために自分にも損なことをする。これにはどう答えるべきだろう？　彼女はまだ返事をしていなかったので、わたしにも考える余地があった。暗に強請《ゆす》るようなことを言われたので、ちょっとショックを受けたというところか。論理的には、彼女もおなじことを言い返してやるべきだろう。理屈のうえでは、彼らはたがいに相手に対しておなじくらいの支配力をもっているのだから。この家を出ていって。そして、二度と戻ってこないでちょうだい。さもなければ、わたしたちをふたりとも警察の手に引き渡してやる。しかし、愛は論理で動くものではなく、支配力が均等に配分されているわけでもない。それはわたしでさえよく知っている。恋人たちが初めてキスを交わすとき、彼らは激しい願望だけではなく、同時に傷を抱えこむ。だれもが常に優位に立とうとするわけではない。保護を必要とする者もいるし、エクスタシーという超現実《ハイパーリアリティ》ばかりを要求する者もいて、そのためにとんでもない嘘をついたり、並大抵ではない犠牲を払ったりする。しかし、彼らはめったに自分たちが何を望んでいるのか、あるいは必要としているのかを自問することがなく、過去の失敗はあまりよく覚えていない。それが助けになるのかどうかはともかく、こども時代が大人の皮膚を透かして輝いて見える。人の性格を縛る遺伝の法則も同様だろう。自由意志などというものは存在しないことを恋人たちは知らない。ラジオドラマをそれほどたくさんは聴いていないから、わたしにはそれ以上のことはわからないが、恋人たちは十二月には五月に感じていたようには感じないことや、子宮をもつということはそれをもたない者には理解できないのかもしれないこと、さらに、その逆も成り立つのかもしれないことは、ポピュラーソングが教えてくれた。

トゥルーディはくるりとまわって、部屋のなかに向きなおった。彼女の小さい、遠くから聞こえるような声がわたしをぞっとさせた。「怖いのよ」

彼女はすでに彼らの計画が、初期的な成功の兆しがあるにもかかわらず、失敗したときのことを思い浮かべていた。彼女は震えていた。結局のところ、自分の無実を主張することはできないし、クロードとは喧嘩するかもしれない。そう考えると、自分ひとりになることがどんなに孤独かを思い知らされた。クロードにあんな皮肉を言う一面があるとはいままで知らなかった。それが彼女を怯えさせ、混乱させていた。彼の声や愛撫やキスが自分たちがやったことで汚されているにもかかわらず、彼女は彼を欲していた。わたしの父の死は閉じこめられてはいないだろう。それは死体置き場の仮置き台かステンレス製の引き出しから解き放たれて、夜気のなかをゆらゆらと、北環状線をまたいで、あの北ロンドンの屋根の上を飛び越えてくるだろう。いや、いまやもうこの部屋にいて、彼女の髪や、手や、クロードの顔に――手に持ったスマートフォンを無表情に見つめている、光に照らされた仮面に――まつわりついているのかもしれない。

「これを聞いてくれ」と、日曜日の朝食みたいな口調で、彼が言った。「地元紙からだ。あした付けの。M1のジャンクションのあいだの路肩に倒れている男が発見された等々。通過する車から緊急サービスに千二百件の通報があり等々。警察の発表によれば、男は病院へ到着したとき死亡が確認された等々。身許はまだ確認されていない……。で、ここがいいところだが、『現段階では、警察はこの死亡には犯罪性はないものとしている』

「現段階では」と彼女はつぶやいた。それから、ふいに声を荒らげて、「でも、あなたはわかっていないのよ。わたしが言おうとしていたこと――」

「何なんだい、それは？」

「彼が死んだってこと。死んでしまったってことよ。それはとても……それに……」彼女はいまや泣きだしていた。「それが悲しいのよ」

クロードはただもっともなことを言っただけだった。「わたしが理解しているところでは、きみは彼に死んでもらいたがっていたんだが、いまや――」

「ああ、ジョン！」と彼女は叫んだ。

「だから、わたしたちは肝心なところで勇気を奮い起こして。なんとかうまく……」（『マクベス』第一幕第七場のマクベス夫人の台詞）

「わたしたちは……やってしまったんだわ……恐ろしいことを」自分に罪はないという考えを捨てることになるのも忘れて、彼女は言った。

「ふつうの人間にはわたしたちがやったことをやる勇気がないんだ。もうひとつあるぞ。〈ルートン・ヘラルド・アンド・ポスト〉だ。『きのうの朝――』」

「やめて！　おねがい！」

「わかった、わかった。どっちみち、おなじだからな」

彼女はいまや憤慨していた。「『死んだ男』だなんて、彼らにとってはなんでもないのよ。ただの言葉。活字にすぎないんだわ。それがどんな意味をもっているか、全然わかっていないのよ」

「しかし、彼らは正しい。わたしはたまたま知っているんだが、世界中では、一分ごとに一〇五人の人間が死んでいる。ほぼ二秒にひとりだ。そういう見方もできるというだけだが」

彼が言っていることを理解するのに二秒かかった。それから、彼女は笑いだした。すこしも笑いたくなさそうな、陰気な笑い。それがすすり泣きに変わって、泣きながらかろうじて「あなたなんか大嫌いよ」と言った。

彼がそばに来て、彼女の腕に手をかけ、耳元でささやいた。「大嫌い？　わたしをまたもや興奮させないでくれ」

だが、すでに興奮させていた。キスと涙にまみれながら、「おねがい。いやよ、クロード」と彼女は言った。

けれども、後ろを向いたり、彼を押し退けたりはしなかった。彼の指がわたしの頭の下のほうに、ゆっくりと動いていく。

「ああ、だめよ」とささやきながら、彼女は体を近づけた。「ああ、だめ」

悲しみとセックス？　わたしは理論を弄ぶことができるだけだ。防御は弱々しく、柔らかい組織はさらに柔らかくなり、感情的な反発が涙ながらの自己放棄へのこどもじみた信頼に取って代わられるのだろうか。わたしは知りたくもなかった。

クロードは彼女をベッドへ引っ張っていく。サンダルとコットンのサマードレスを脱がせて、一度だけだったが、ふたたびネズミちゃんと呼んだ。そして、彼女を仰向けに寝かせた。どこから先が同意したことになるのだろう？　悲しみに暮れる女が、尻をもちあげてパンティを脱がせやすくすれば、同意を与えたことになるのだろうか？　そうではない、とわたしは言いたい。彼女は横向きになった——彼女が自分から動いたのはそのときだけだった。そのあいだに、わたしは計画を、最後の手段を練っていた。最後の一撃を。

彼は彼女のそばにひざまずいた。たぶん裸なのだろう。こんなとき、それ以上悪いことがあるだろうか？　彼はすぐさまその答えを出した。医学的なリスクが高い、妊娠のこの時期における、正常位。つぶやくように命令を発して——そうやって魔法をかけるのだが——彼は彼女を仰向けにすると、無頓着に手の甲で叩いて脚をひろげさせ、マットレスがわたしにそう言うのだが、いまにもその巨体でわたしの上にのしかかろうとしていた。

わたしの計画？　クロードはわたしめがけて、トンネルを掘り進もうとしている。ぐずぐずしてはいられない。わたしたちは大きな圧力の下で揺すぶられ、キイキイ音を立てている。高音域の電子音がわたしの耳のなかで泣き叫び、眼球が膨張して痛い。わたしは両腕を、両手を使えるようにする必要があるが、あまりにもスペースが限られている。ぐずぐずせずに言ってしまおう。わたしは自殺するつもりなのである。胎児の突然死、というより実質的には殺人。出産を控えた妊婦に対するわたしの叔父の無謀な暴行による殺人である。彼は逮捕され、裁判にかけられ、有罪を宣告されて、収監されるだろう。半分だけ父の死の敵《かたき》をとったことになるだろう。半分だけ、というのは、この寛大な英国では人殺しは絞首刑にならないからだ。わたしは否定的愛他主義が本来はどういうものかクロードに教えてやることになるだろう。自殺するためには、紐が必要である。首のまわりに死をもたらす紐を三巻きもすればいい。遠くのほうから、母のため息が聞こえる。わたしの父の自殺という作り話がわたしにそれを思いつかせるヒントになった。芸術を模倣する人生。動かない新生児《スティルボーン》——悲劇性を取り除かれた穏やかな用語だ——になるのにはちょっとした魅力がある。いま、わたしの頭蓋にズシンズシンという衝撃がある。クロードがスピードアップして、いまでは荒い息をしながら、全力疾走している。わたしの世界は震えているが、輪縄は首に巻きつけられ、わたしは両手でそれをにぎっている。そして、背中を反らして、教会の鐘《かね》撞き男の敬虔さで、それを思いきり引っ張った。なんと容易なことか。総頸動脈——喉を掻き切る人間が好んで用いる急所である——をスルスルと絞め上げていく。これならできる。もっと強く！　クラクラして倒れそうになる感覚、音が味覚になり、触感が音になる。暗闇が、いままで見たこともないほど真っ暗な闇が湧き上がって、母がさようならとつぶやいている。

しかし、もちろん、脳を殺すということは脳を殺そうとする意志を殺すことになる。意識が薄れるやいなや、にぎっていた手の力がゆるんで、生命が戻ってきた。たちまち、逞しい生命のしるしが聞こえた——まるで安ホテルの壁越しに聞こえるような、秘めごとの音。それがしだいに大きくなる。わたしの母だ。そら、いくぞ、彼女はまたもや危険にみちた昂揚感のなかに身を投げ出す。

しかし、わたしの死の監獄の壁は高すぎた。わたしは引き戻されて、愚かな存在の運動場に投げこまれた。

ようやく、クロードが虫酸の走る重みをわきにどけて——その露骨な短さにわたしは歓迎の挨拶を送った——、わたしは自分のスペースを取り戻したが、脚がすっかり痺れていた。いま、わたしはふだんの状態に復帰しつつあり、トゥルーディはぐったりと疲れて、いつものようにひどく後悔しながら横たわっている。

＊＊＊

わたしがいちばん怖れているのは天国と地獄のテーマパーク――天国のような乗り物と地獄のような人混み――ではない。永遠の忘却という侮辱にもわたしは耐えられるだろうと思っている。そのどちらになるかわからないことでさえ、それほど気にはしていない。わたしが怖れているのはその機会すら与えられないことなのだ。これは健全な願望なのか、ただ欲が深いだけなのか。わたしはまず自分の人生が、わたしに当然与えられて然るべきものが、永遠の時間のうちのごく微小なわたしの分の切れ端と、意識をもてるそれなりのチャンスが欲しいと思う。この自由気まな惑星の上で、数十年のあいだ自分の運を試してみるくらいのことはさせてもらってもいいはずである。それがわたしの遊園地の乗り物であり――死の壁ならぬ生命の壁なのだ。わたしだってやってみたいし、なにかになってみたい。別の言い方をすれば、わたしには読みたい本がある。まだ出版されておらず、書かれてもいないが、すでにはじまっている一冊の本。『二十一世紀の自分史』をわたしは最後まで読みたいのだ。その最後のページで、わたしは八十代前半になり、体力が衰えてはいるがまだ元気旺盛で、二〇九九年十二月三十一日の夜に、ジグを踊っていたいのである。

その日がやってくる前に、結末が訪れてしまうかもしれない。だから、それは暴力的で、センセーショナルで、かなり商業的なスリラー物の一種になるだろう。いろんな夢の総目録で、ホラーの要素も含まれているはずである。それは恋物語でなくてはならず、輝かしい創意に富んだ英雄譚でもある。どんな感じの本になるかは、百年前の前篇を見てもらえばいい。少なくとも半分くらいまでは陰鬱な読み物だが、読むのをやめられないはずである。陰鬱さの埋め合わせになる、人を奮い立たせるような部分、たとえば、アインシュタインやストラヴィンスキーの章もいくつかはある。この新しい本の、まだ決まっていないいくつもの筋書きのうちのひとつは、その九十億人の主人公が核戦争なしに生き延びることができるかどうかである。相手と体の接触が許されるコンタクト・スポーツを想像してみればいい。それぞれのチームを位置につかせる。インド対パキスタン、イラン対サウジアラビア、イスラエル対イラン、アメリカ対中国、ロシア対アメリカとNATO、北朝鮮対ほかのすべての国。もっと得点が入るようにしたければ、参加チームを増やせばいい。国家ではない選手がやってくるだろう。

　われらの英雄たちは、自分たちの火床を過熱させようと、どれだけ断固たる決意を固めているのだろう？　懐疑的な少数派の予想あるいは期待によれば、あと一・六度も暖かくなれば、ツンドラ地帯は巨大な穀物庫になり、バルト海沿岸にはギリシャ風の居酒屋《タヴェルナ》が立ち並び、カナダのノースウェスト準州にはけばけばしい色の蝶が飛び交うようになるという。悲観主義の極に位置する暗い見方では、四度の急上昇で、洪水や干魃の大災害が発生し、政界は暗澹たる大混乱に陥るだろうという。地域的利害というサブプロットでも、物語の緊張の度合いはいちだんと高まるだろう。中東は狂乱状態のままなのか、それがヨーロッパに流れこんで、そこを永久に変えてしまうのか？　イスラムは熱に浮かされた過激性を改革という冷却池に浸すことができるのか？　イスラエルは立ち退かされた人々に砂漠の一インチか二インチでも与える気があるのか？　ヨーロッパの統合という積年の夢は、古くからの憎悪や、小規模なナショナリズムや、金融政策の大失敗や不和を前にして消えてしまうのか？　それとも、これまでどおりの方向に進みつづけるのか？　わたしは知る必要がある。アメリカ合衆国は静かに衰退していくのか？　そんなことはないだろう。中国にも良心が芽生えるのか、ロシアはどうか？　国際金融や多国籍企業はどうなのか？　それから、諸々の誘惑的な人間の普遍的要素を持ち出すことになるだろう。セックスと芸術、ワインと科学、寺院、風景、より深い意味の探求。そして、最後には、個人的な欲望の海――たとえば、わたしなら、浜辺で裸足になって焚き火をかこむことや、焼き魚、レモン・ジュース、音楽、友人たち、わたしを愛してくれる――トゥルーディではない――だれか。そういうわたしの生得の権利をまとめた一冊の本。

だから、いまや、わたしは自殺の試みを恥じていたし、失敗してほっとしていた。クロードは(音が反響するバスルームで大声で鼻歌をうたっているが)、もっと別のやり方でがつんとやってやらなければならないだろう。

彼がわたしの母の服を脱がせてから、十五分くらいしか経ってなかったが、わたしたちの夜は新しい局面に入ろうとしていた。蛇口から流れる湯の音に負けない大声で、彼はお腹が空いたとどなった。ちょっと屈辱的だった行為が終わって、脈も落ち着きかけているので、母はまた自分に罪はないというテーマに戻ろうとしているのだろう。彼女にとって、クロードの夕食の話は場違いに、無神経にさえ聞こえるはずだった。彼女は体を起こして、ドレスを頭からかぶり、寝具の下にパンティを見つけると、サンダルをつっかけて、化粧台の鏡の前へ行った。放りっぱなしで、金色のカールになって垂れさがっていた、かつて夫が詩のなかで讃嘆した髪を三つ編みにしはじめる。そうすることで、気持ちを落ち着けて、考える時間ができた。クロードが終わったら、そのあとでバスルームを使うつもりだった。いまは彼に近づくと思うだけでも嫌悪感を催した。

その嫌悪感のせいで、自分は潔白であり、やるべきことがあるという考えが戻ってきた。数時間前には、主導権をにぎっているのは彼女だった。あの病的な、服従的な恍惚状態にふたたび屈することがないかぎり、彼女はそれを取り戻せるはずだった。いまのところ、彼女の気分は上々だった。リフレッシュされ、充分に満足して、免疫ができていた。けれども、そいつが彼女を待ちかまえていた。その小さな生き物がまたもや獣に変身して、彼女の考えをねじ曲げ、彼女を引きずり下ろして――クロードのものにしてしまうおそれがあった。それにもかかわらず、主導権を回復するには……と、鏡の前で、反対側の髪も三つ編みにするためにかわいい顔を傾けながら、彼女は考えているのだろう、とわたしは思った。けさ、キッチンでやったように、自分から命令して、次のステップを考えるということは、罪を認めることになる。ショックを受けた未亡人の、罪のない悲嘆に浸っていられればよかったのに。

いまは、やらなければならない実際的な仕事がいくつかあった。汚れた台所の道具、プラスチックのカップやブレンダーも、家から離れた場所で処分しなければならなかった。キッチンからすっかり痕跡を消し去る必要がある。ただコーヒーカップだけは別で、洗わずに、テーブルに置いたままにしておくつもりだった。この退屈な作業が、一時間のあいだ、彼女から恐怖を遠ざけてくれるはずだった。そのせいかもしれない。わたしが入っているふくらみに、ちょうどわたしの背中のくびれのあたりに、安心させようとするかのように手をあてがったのは。わたしたちの未来への愛情あふれる期待をこめた仕草だった。どうしてわたしを手放そうなどと考えることができたのか？　彼女にはわたしが必要なのだ。彼女がまといたがっている無実と悲哀の半影を、わたしは明るく照らし出すだろう。母と子――偉大なる宗教はこの強力なシンボルをめぐってその最良の物語を紡いできた。わたしは彼女の膝に坐って、天を指差し、告発から免れさせるだろう。しかし、その一方で――わたしはこの言い方が大嫌いなのだが――、わたしの出生のためにはなんの準備もなされてなかった。服もなければ、家具もなく、巣作りに駆り立てられるようなこともなかった。母といっしょに店に入ったことは、わたしの知るかぎり一度もなかった。愛情豊かな未来は幻想でしかなかったのである。

　クロードがバスルームから出てきて、電話に歩み寄る。頭にあるのは食べ物のことで、インド料理のデリバリーとかなんとかつぶやいている。そういう彼を迂回して、彼女は自分自身の沐浴に取りかかった。わたしたちが出てきたとき、彼はまだ電話していた。インド料理はやめて、デンマーク料理《デーニッシュ》にしていた――オープンサンド、ニシンの酢漬け、焼肉。注文のしすぎだが、人殺しのあと、そうしたくなるのはもっともだろう。電話が終わるころには、トゥルーディは身仕度ができていた。髪は三つ編み、体も洗い、清潔な下着、新しいサマードレス、サンダルではなくて靴、香水もほんのすこし。彼女は攻撃に出た。

「階段の下の戸棚に古いキャンヴァスのバッグがあるわ」

「まずは食べてからだ。腹ペコなんだ」

「いま行って。彼らがいつ戻ってくるかわからないんだから」

「わたしはわたしのやり方でやる」

「やりなさいよ。言われ――」

ほんとうに「言われたとおりに」と言うつもりだったのだろうか？　なんと遠くまで来たことか。ついさっきまで彼のペットだったのに、彼をこども扱いにするなんて。彼はそれを無視したかもしれないし、口喧嘩になったかもしれない。だが、いま、彼がやっているのは受話器を取ることだった。デーニッシュの店が注文を確認しようとしたわけではなく、じつはおなじ電話機でもなかった。母が近づいて、彼の背中から覗きこんだ。電話ではなく、画面付きのドアフォンだった。ふたりは驚いて画面を見つめた。聞こえたのは、低音域が失われた、か細く甲高い嘆願の声だった。

「おねがい。どうしてもいますぐお会いする必要があるの！」

「ああ、なんてことかしら」と、母が嫌悪感を剝きだしにして言った。「こんなときに」

しかし、あれこれ指示されることにまだ苛ついていたクロードには、自分の自主性を主張する理由があった。彼が玄関の鍵をあけるボタンを押して、受話器を戻すと、一瞬、沈黙が流れた。彼らはたがいになにも言うことがなかった。あるいは、ありすぎた。

それから、わたしたちはみんなでフクロウの詩人を出迎えに階下に下りていった。

14

階段を下りるあいだに、さいわいにも自分には決意が足りなかったことや、自分で首を絞めようとする人間の自滅的なスパイラルについて、さらに考える時間があった。ある種の試みは初めから、臆病だからではなくその本来の性質上、失敗する定めにある。〝空飛ぶ洋服屋〟、フランツ・ライヒェルトは、自分の発明が飛行士の命を救うことになると信じて、袋状のパラシュート・スーツを着て、一九一二年に、エッフェル塔から飛び降りて死亡した。飛び降りる直前、彼は四十秒間ためらったが、最後に体を前に倒して、空中に踏み出したとき、上昇気流のせいで生地が体にぴったりと巻きついて、彼は石が落ちるみたいに落下した。事実が、数学的現実が彼の考えに反していたのである。塔の真下、凍てつくパリの地面に、彼は深さ十五センチの浅い墓穴を掘ることになった。

そんなことを考えていたのだが、トゥルーディが最初の踊り場でゆっくりとUターンしたときには、わたしは死を経由して復讐について考えだしていた。わたしの考えはいちだんと明確になり、わたしは気が楽になった。復讐——その衝動は本能的で、強力であり、赦されるべきものである。侮辱されたり、騙されたり、障害が残るような傷を負わされたりすれば、復讐するという考えに誘惑されない者はいないだろう。いまのように、愛する者を殺されるという、きわめて極端なケースになれば、さまざまな空想が燃え上がるにちがいない。わたしたちは社会的な動物であり、かつては、群れのなかの犬みたいに、暴力や脅しによって相手を寄せつけなかった。わたしたちはこういう甘美な期待を抱くように生まれついているのである。いくつもの血なまぐさい可能性を空想し、時の経つのを忘れ、それを何度でも繰り返すことをしないなら、想像力が何の役に立つというのか？　眠れない一夜のあいだに、百回も復讐を遂げることだってありうるだろう。この衝動は、夢見る意志は、人間的な、正常なものであり、わたしたちはみずからを赦すべきなのである。

だが、上げられた手は、実際の暴力の行使は、呪われている。数学的現実がそう言っている。以前の状態《ステイタス・クウォ・アンティ》への逆戻りはありえないし、慰めもなければ、快い安堵感もない――少なくとも長くはつづかない。あるのは第二の犯罪だけなのである。人を呪わば穴ふたつ、と孔子は言っている（孔子の言葉だとするのは西洋での誤解）。復讐は文明の縫い目を解いてしまう。それは絶えることのない、本能的な恐怖への逆戻りを意味する。哀れなアルバニア人を見るがいい。愚かにも血の復讐を礼賛するイスラム世俗法《カーヌーン》によって、彼らは常時怯えているではないか。

というわけで、父の貴重な蔵書室の前の踊り場に着いたときには、わたしはこの人生で、あるいは生まれたあとの次の人生で、頭のなかではなく現実の行動として、父の死の復讐を果たそうという考えは捨てていた。そして、自分の臆病さの罪を問うこともやめていた。クロードを抹殺したからといって、父が生き返るわけではない。わたしはライヒェルトの四十秒のためらいを一生に引き延ばすつもりだった。衝動的な行動はやめよう。もしもわたしの試みがあのまま成功していたら、どんな病理学者でも、クロードではなく、臍の緒が原因だったとしただろう。そして、不幸な事故だが、それほどめずらしいことではないと記録したにちがいない。そうすれば、わたしの母と叔父は、労せずに安堵できることになったろう。

　階段を下りるあいだにこんなことまで考えられたのは、トゥルーディがノロマザル《ロリス》のなかでもいちばん遅いやつのペースで下りていたからである。今度ばかりは片手でしっかりと手摺りをにぎり、一段ずつ下りながら、ときどき休んで、考えたり、ため息をついたりしていた。どういう状況なのか、わたしにはよくわかっている。来客のために大切な家事が先延ばしになるが、警察が戻ってくるかもしれない。いまは嫉妬に駆られて所有権争いをする気分ではなかった。だが、すでに先行事例があった。彼女は遺体の身許確認の権利を侵害されており——それはじつに腹立たしかった。エロディはつい最近の愛人にすぎないのに。それとも、そんなに最近ではないのだろうか。ひょっとするとショアディッチに引っ越す前からだったのかもしれない。それなら、手当てが必要な生傷がもうひとつ増えることになるのだが。それにしても、なぜいまここに来たのか？　慰めるためでも、慰められるためでもないだろう。彼らの犯罪の決定的証拠をにぎっているか、なにか知っているのだろうか。トゥルーディとクロードを敵に売りとばすことができるとでもいうのか。それとも、彼らを強請るつもりか。でなければ、葬儀の段取りについて相談しようとでもいうのか。いや、そのどれでもないだろう。違う、違う！　そういういろんな可能性を排除していくのは、母にとってじつに骨の折れることだった。ほかにもいろいろあるのに（二日酔い、殺人、気力がそがれるセックス、出産間近の妊娠）、意志の力を振り絞って、惜しみない憎しみを来客にまでひろげるのはどんなに疲れることだったろう。

　しかし、彼女は覚悟を決めていた。三つ編みにした髪が、わたしを除くだれからも、彼女の考えをしっかりと隠していたし、彼女の下着――シルクではなくてコットンだとわたしは感じていた――と、適度にゆったりしているがだぶだぶではない、短いプリント柄のサマードレスはついさっき身につけたばかりだった。ピンク色の剝きだしの腕と脚、紫のペディキュアをした足の指、彼女のあふれんばかりの、議論の余地のない美しさは、人を怖じ気づかせるほど際立っていた。見たところ、しぶしぶとではあるがすべての帆を張り、砲門をひらいた戦列艦そのものだった。戦う女、わたしはいわばその船首の誇らしげな船首像《フィギュアヘッド》である。彼女はときどき立ち止まりながら、ふわふわした足取りで下りていった。たとえ何が来ようと、応戦するつもりだろう。

　わたしたちが玄関に到着したときには、それはすでにはじまっていた。しかも、いい出だしではなかった。玄関のドアがすでにひらかれ、閉じられていた。エロディがなかに入っていて、クロードの腕に抱かれていた。

　彼女が泣きながら、途切れとぎれに話す言葉の合間に、「ふむ、ふむ、まあ、まあ」とクロードがささやいていた。

「ああするべきじゃなかったんです。間違っていたんです。でも、わたし。ああ、ごめんなさい。それがどんなことか。あなたたちにとって。ああするしか。あなたのお兄さん。わたしはああするしかなかったんです」

　わたしの母は階段の下に立ったまま、客のせいだけではない不信で体をこわばらせていた。そう、これが吟遊詩人の嘆きというわけか。

　エロディはまだわたしたちに気づいていなかった。顔をドアのほうに向けているのだろう。彼女が伝えようとすることは、スタッカートのすすり泣きになって、口からこぼれた。「あしたの夜。五十人の詩人が。そこらじゅうから。ああ、わたしたちは彼を愛していたんです！　ベスナル・グリーン図書館で朗読会を。それとも図書館の外で。キャンドルを。一篇の詩に一本ずつ。あなたにもぜひ来てもらいたいんです」

　彼女は口をつぐんで、洟をかもうとした。そうするために、クロードの腕のなかから体を離したとき、トゥルーディが目に入った。

「五十人の詩人」とクロードはお手上げだと言いたげに反復した。彼にとってこれ以上不快な考えはなかったろう。「大勢だな」

　すすり泣きは収まりかけていたが、自分の言葉の悲しさにまたぶり返した。「あ。こんにちは、トゥルーディ。ほんとうに、ほんとうにお気の毒です。もしもあなたが。一言挨拶していただけたら。でも、わかります。たとえあなたが。あなたがそうはできないとしても。どんなに辛いことか」

　わたしたちは手をこまぬいて彼女の悲嘆を見守るしかなかった。それはやがて鳩がクークー鳴くような声になった。彼女は謝罪しようとしたが、わたしたちにようやく聞き取れたのは、「あなたたちに比べれば。ほんとうにお気の毒です！　わたしが出る幕ではないのに」くらいだった。

　そのとおりだ、とトゥルーディは思った。またもや権利を侵害された。自分より激しく悲しんだり泣いたりされるなんて。彼女はすこしも心を動かされずに、階段のそばに立っていた。悪臭の名残がまだ漂っている玄関ホールで、わたしたちは社会的な辺獄《リンボ》に幽閉されていた。エロディの声を聞かされながら、何秒かが過ぎていった。これからどうすればいいのだろう？　その答えを出したのはクロードだった。

「階下《した》へ行こう。冷蔵庫にプイイ＝フュメがある」

「ご遠慮します。わたしが来たのはただ――」

「こっちだ」

クロードが先に立って母の前を通ったとき、ふたりは目を合わせた――つまり、彼女はキッとにらみつけ、彼は平然と肩をすくめたにちがいなかった。ふたりの女は抱き合おうとはしなかった。ほんの数インチのところに近づいても、相手の体にふれようとも、言葉を交わそうともしなかった。トゥルーディはふたりを先に行かせて、あとからキッチンへ下りていった。ひどく散らかっているなかにグリコールとジャッド・ストリートのスムージーという告発者が、法医学的な染みとしてひそんでいるキッチンへ。

「よかったら」と、粘つく床に下りたとき、わたしの母が言った。「クロードがサンドイッチを作ってくれると思うけど」

この罪のない申し出にはいくつもの棘が隠されていた。まず、ひどく場違いであり、クロードはいままで一度もサンドイッチを作ったことがなく、この家にはパンはなかったし、あいだに挟むものだって、せいぜい塩味のナッツの粉くらいしかなかったのである。そもそも、こんなキッチンでだれが安心してサンドイッチを食べられるだろう？　はっきりしているのは、彼女は自分でそれを作ろうと申し出たわけではないこと、あきらかにエロディとクロードをひとからげにして、自分はそこから距離を置こうとしていることだった。非難と拒否と冷ややかな引き下がりを束にして、親切そうな振る舞いのなかに押しこんだようなものだった。あまり賛成はできないけれど、なかなかやるものだと思った。こういう手の込んだやり方はポッドキャストからは学べないだろう。

トゥルーディの敵意はエロディのしゃべり方に有益な影響を与えた。「わたしはなにも食べられそうもありません。ありがとう」

「飲み物ならいいんじゃないか」とクロードが言った。

「そうですね」

そのあと、聞き慣れた一連の音がつづいた——冷蔵庫のドア、コルク抜きをうっかりボトルに当てる音、ポンとコルクが抜ける音、昨夜のグラスを蛇口でゆすぐ音。プイイはサンセールのすぐ対岸だ。まあ、いいだろう。じきに七時半になることだし。うっすらと灰色の粉をふいたこの小粒のブドウはもっと別の、むっとする暑さのロンドンの夜にこそ合うのだが。しかし、これだけでは足りない。トゥルーディとわたしはもう一週間もなにも食べていないような気がする。クロードの電話注文に食欲をそそられて、忘れられた昔風のオードブル、ニシンとジャガイモの《アラン・ポム・ア・》オイル漬《リュイル》けが欲しくなった。ヌルリとした燻製ニシン、光沢のある新鮮なジャガイモ、最上等のオリーブの一番搾り、タマネギ、刻んだパセリ——そんな前菜《アントレ》があれば、プイイ＝フュメがどんなに優雅にそれを引き立ててくれたことか。だが、どうすれば母を説得できるだろう？　叔父の喉を掻き切るほうがまだ簡単だったかもしれない。わたしの第三の選択肢だった優美な国が、こんなに遠く思えたことはなかった。

わたしたち一同はいまやテーブルに着いている。クロードがワインを注ぎ、故人へ敬意を表しておごそかにグラスを掲げる。

沈黙が流れるなかで、エロディが畏怖の念に打たれたように、小声で言った。「でも、自殺なんて。どう考えても、あまりにも……あまりにも彼らしくないわ」

「まあね」と言ってから、トゥルーディは間をおいた。彼女はきっかけを見つけたのである。

「彼と知り合ってからどのくらいになるのかしら？」

「二年です。彼が教えていた――」

「それじゃ、もちろん、鬱病のことは知らないのね」

母の落ち着いた声がわたしの心臓を圧迫した。精神病と自殺という辻褄の合う話を信じられれば、彼女にとってどんな慰めになることか。

「兄貴は享楽的な暮らし《プリムローズ・パス》には向いてなかったんだ」

クロードはどうやら一流の嘘つきとは言えないことに、わたしは気づきはじめていた。

「知りませんでした」とエロディが小声で言った。「彼はいつもとても寛大だったから。とくにわたしたちには、そのう、わたしたち若い世代の――」

「彼にはまったく別の面があったの」トゥルーディは断定的な口調で言い切った。「生徒さんたちがそれを見ずに済んでよかったわ」

「こどものときでさえ」とクロードが言った。「一度なんか、兄貴はハンマーをわたしたちの――」

「いまはそういう話をするべきときではないわ」トゥルーディが途中でさえぎったことで、それはもっと興味深い話になった。

「そうだな」と彼は言った。「ともかく、わたしたちは彼を愛していた」

わたしは母が手を上げるのを感じた。両手で顔を覆ったのか、それとも、涙を拭いたのか。

「でも、彼はけっして治療を受けようとはしなかった。自分の病気を受けいれられなかったのよ」

エロディの声には抗議するような、不満そうなところがあり、母や叔父にはそこが気にいらなかったにちがいない。「ほんとうにわけがわからないわ。彼はルートンに行く途中だったんです。プリンターのお金を払いに。現金で。借金が清算できるのをとても喜んでいたのに。それに、今夜、詩を朗読することになっていたんです。キングズ・カレッジ・ポエトリー・ソサエティで。わたしたち三人は、いわば、前座のバンドみたいなものでしたけど」

「彼は自分の詩を愛していた」とクロードが言った。

エロディは苦悶のあまり大声になっていた。「どうして車を停めたりしたんでしょう……？あんなふうに。本ができたばかりだったのに。しかも、オーデン賞の最終候補になっていたというのに」

「鬱病というのは冷酷なものだ」クロードにこんな見識があるとは驚きだった。「人生のいいことがなにもかも消えて――」

母がそれをさえぎった。硬い声だった。いい加減うんざりしていたのである。「あなたが若いのはわかっているけど、いちいち説明してあげなくちゃならないのかしら？　会社は赤字で、個人的にも借金だらけで、自分の作品にも満足できなかったし、望まないこどもが生まれることになっていた。妻は弟とできていて、自分は慢性的な皮膚病に悩まされ、しかも鬱病だったのよ。わかった？　詩の朗読だとか、なんとか賞だとか、ほんとうにわけがわからないとか、あなたの芝居がかった泣き言を聞くまでもなく、充分ひどい状態だったとは思わない？　あなたは彼のベッドにもぐり込んだんだから、それだけでも幸運だったと考えることね」

悲鳴と床に倒れる椅子の音で、今度はトゥルーディがさえぎられる番だった。

この時点で、わたしは父が後方に退いたことに気づいた。物理学の粒子みたいに、彼は定義されないまま、わたしたちから飛び去っていった。自分の家を、自分の父親の家を取り戻そうと静かに心に決めていた、成功した、独断的な詩人＝教師＝出版者。あるいは、つけ込まれて、妻を寝取られた、不幸な男、借金と貧困と才能のなさに締めつけられていた世間知らずの愚か者。その一方だと聞かされれば聞かされるほど、他方だとは信じられなくなる。

エロディが最初に発したのは言葉とも泣き声ともつかない声だった。「ありえないわ！」沈黙。そのあいだに、クロードが、それから母が飲み物に手を伸ばすのを、わたしは感じた。

「きのうの夜、彼があんなことを言いだすなんて、わたしは知らなかった。あれは全部嘘なんです！　彼はあなたを取り戻したいと思っていた。あなたに焼き餅を焼かせようとしたんです。あなたを捨てるつもりなんかすこしもなかったんです」

椅子を起こそうとしたとき、声がちょっと小さくなった。「だから、わたしはここに来たんです。あなたたちに教えるために。よく聞いてちょうだい。なにもなかった！　わたしたちのあいだにはなにもなかったのよ！　ジョン・ケアンクロスはわたしの編集者で、友人で、先生だった。彼はわたしが詩人になるのを助けてくれたんです。おわかり？」

薄情かもしれないが、わたしは疑わしいと思った。しかし、ふたりは彼女の言うことを信じた。彼女が父の愛人でなかったのは、彼らにとっては重荷から解き放たれたようなものだった。けれども、その場合には、ほかの可能性が持ち上がる、とわたしは思った。父が生きたがっていたあらゆる理由を証言しようとする不都合な女。なんとついていないことだろう。

「坐って」とトゥルーディが穏やかに言った。「あなたの言うことを信じるわ。だから、もう叫ばないで」

クロードがグラスを満たした。プイイ＝フュメはわたしには弱すぎ、酸味が強すぎる。まだ若すぎるのかもしれないが、こういうときにふさわしいとは言いがたい。夏の夜の熱気を考えないとすれば、強烈な感情があらわになっているようなときには、力強いポムロールのほうが合うのではないか。ワインセラーがあったなら、いますぐそこに下りていって、埃っぽい暗がりのなかで棚からボトルを引き出せたなら。一瞬じっと佇んで、目を細めてラベルを見つめ、ひとり心得顔にうなずきながら持ってくるのだが。大人の生活。はるか彼方のオアシス。その蜃気楼でさえここからは見えないけれど。

わたしの母は裸の腕をテーブルの上で組んで、落ち着いた、澄んだ目をしているのだろう。彼女の苦悩はだれにも想像できないにちがいない。ジョンは彼女だけを愛していた。彼がドゥブロヴニクを引きあいに出したのは本心からだった。いまや憎んでいるという宣言や、彼女を絞め殺す夢を見たとか、エロディを愛しているとかは——すべて望みをかけた嘘だった。だが、彼女は屈服するわけにはいかなかった。ぐっと踏みとどまらなければならない。だから、敵意を抱いていないように見せかけて、事実を真摯に調べるというやり方に、そういう気分に自分を追いこんだ。

「あなたが遺体の身許を確認したのね」

エロディも落ち着きを取り戻していた。「警察はあなたに連絡しようとしたんです。でも、返事がありませんでした。彼の携帯が見つかって、わたしに電話をかけていることがわかったんです。今夜の朗読会のことで――その連絡だけでしたが。わたしはフィアンセに頼んで、いっしょに行ってもらいました。とっても怖かったので」

「どんな状態だったの？」

「ジョンが、という意味だけど」とクロードが言った。

「驚きました。穏やかな顔をしていたから。ただ……」彼女はハッと小さく息を呑んだ。「口だけは違っていて、とても長く、横に長く引っ張られていました。ほとんど耳から耳まで引き伸ばされているみたいに。気が狂って笑っているみたいに。でも、閉じていました。幸いなことに」

周囲の壁やその向こうの深紅の小部屋を通して、母が震えているのをわたしは感じた。遺体のこんな肉体的なディテールがもうひとつ出てきたら、彼女はどっとくずおれてしまいそうだった。

15

わたしが意識をもつようになった初期のころ、当時はまだわたしの影響力を受けていなかった指の一本が、両脚のあいだの小海老みたいな突起物をかすめた。この小海老と指先はわたしの脳からは異なる距離にあったにもかかわらず、両者は同時に相手を感じた。神経科学ではバインディング問題として知られている、なかなか面白い問題である。数日後、別の指でまたおなじことが起こった。発育上の時間がある程度経過すると、わたしはその意味を把握した。生物学は運命であり、運命はディジタルで、この場合は、二進法である。侘しいくらい単純なのだ。あらゆる誕生の核心にある奇妙にも重大な問題は、いまや解決されている。あれか――これか。ほかにはなにもない。この世への目くるめく出現の瞬間、〝人間だ〟と叫ぶ人はいない。そうではなくて、〝女の子だ〟か、さもなければ〝男の子だ〟である。ピンクかブルーか――黒であるかぎりは、どんな色の車でも自由に選べると言ったヘンリー・フォードよりは、すこしはましかもしれないが。ふたつのセックスしかないのである。わたしはがっかりした。人間の体や心や運命はこんなにも複雑なのに、わたしたちはほかの哺乳動物には望めないほど自由なのに、なぜこんなふうに範囲を限定されなければならないのか？　わたしの思いは千々に乱れた。けれども、やがて、ほかのだれもとおなじように、自分が受け継いだものでなんとかがまんすることにした。いずれそのうち、複雑な問題が生じるにちがいないが、それまでは、わたしは自由な身分のイギリス人として、イギリスならびにスコットランドならびにフランスの啓蒙時代以後の人間として生まれることにした。わたしの自我は、岩や樹木が雨や風や時間によって形作られるように、快楽や衝突や経験や思想やわたし自身の判断によって形作られるだろう。そのうえ、この幽閉された状態のなかで、わたしにはほかの心配もあった。わたしの飲酒問題。家族の心配事。刑務所入りの有罪判決を受けるかもしれず、いい加減な国家《リヴァイアサン》の膝の上で〝世話〟をされ、十三階に養子に出されるかもしれないという不確かな未来。

しかし、最近、刻々と変化する母と彼女の犯罪との関係を追っているとき、わたしはブルーとピンクの新しい分け方に関する噂を聞いた。願いごとには気をつけたほうがいい。大学生活に新しい政策が導入されたのである。この余談はどうでもいいことだと思われるかもしれないが、わたしはできるようになったらすぐに出願するつもりである。物理学でも、ゲール語でも、なんでもいい。ともかく、わたしは関心をもたずにはいられないだろう。教養のある若者たちのあいだに奇妙な風潮がひろまっている。彼らは、ときには怒って、だが、たいていは自分たちが選んだアイデンティティが権威によって祝福され、公認されることを必要とし、熱望して、行進する。新しいかたちでの西洋の没落なのかもしれない。それとも、自己の称讃と解放か。よく知られていることだが、あるソーシャル・メディアのサイトは、七十一種類のジェンダーの選択肢があるとしている——ニュートロイス（無性的ジェンダー）、トゥー・スピリット（北米原住民における半陰陽的存在）、バイジェンダー（両性的ジェンダー）……どんな色でもお望みしだいですぞ、ミスター・フォード。結局のところ、生物学は運命ではなかった。これは祝福してもいいことだろう。小海老は限定的でもなければ、揺るぎないものでもなかった。わたしは自分が何者かについて自分が抱いている否定しがたい感じを明言するだろう。仮にわたしが白人に生まれたとしても、自分では黒人だと感じるかもしれないし、その逆もありうる。わたしは自分が障害者だと、あるいは状況によって障害を負わされている者だと感じるかもしれない。もしもわたしのアイデンティティが信仰者のそれならば、信仰を疑われれば、わたしは容易に傷つくだろうし、わたしの肉体は引き裂かれて血を流すだろう。傷つけられることで、わたしは選民になるかもしれない。不都合な意見が、堕天使やイスラムの性悪な精霊《ジン》みたいに、わたしのそばをうろつくなら（一マイルでは近すぎる）、こども用の粘土《プレイドー》や跳びはねる小犬のエンドレス映像をそなえた、キャンパスの緊急避難部屋《セーフ・ルーム》が必要になるかもしれない。ああ、知的生活！　心を惑わすような本や思想が近づいてきて、不健康な犬みたいに、わたしの頭脳や顔に息を吹きかけ、わたしの存在を脅かすおそれがあるなら、事前に警告してもらう必要があるだろう。

われ感じる、ゆえにわれあり、ということになるだろう。貧者は物乞いに行き、気候変動は地獄で蒸し煮になるがいい。社会正義は活字でしかなくてもかまわない。わたしは感情の活動家になって、傷つきやすい自己を保護してくれる社会環境を築き上げるため、涙を流したため息をつきながら、熱烈に闘う戦士になるだろう。わたしのアイデンティティがわたしの貴重な、唯一の真正な所有物になり、ただひとつの真実への道になるだろう。世界は、わたしとおなじように、それを愛し、養い育て、守らなければならない。わたしの大学がわたしを祝福し、公認し、わたしがあきらかに必要としているものを与えてくれるのでなければ、わたしは副総長の襟に顔を埋めて泣くだろうし、そのあとで、彼の辞任を要求するだろう。

子宮は、あるいはこの子宮は、そんなに悪い場所ではない。ちょっと墓場にも似ているが、父のお気にいりの詩句を借りれば、〝心地よい、秘めやかな〟（A・マーヴェル『はにかむ恋人へ』）場所である。イギリ《ロースト》ス人《ビーフ》やスコットランド人《ジョックス》やフランス人《フロッグ》の啓蒙時代は措《お》いておいて、わたしは自分の学生時代のための子宮をつくるだろう。現実性だとか、退屈な事実や客観性などという嫌われ者の主張とはおさらばだ。感情こそが女王である。いや、国王だ、とそれが言いださないかぎり。

わかっている。こういう皮肉な言い方はまだ生まれてもいない人間には不似合いだ。そもそも、なぜわき道にそれるのか？　なぜなら、わたしの母は新しい時代と足並みをそろえているのだから。自分では気づいていないかもしれないが、彼女はある運動とともに歩んでいる。殺人者としての彼女の地位はひとつの事実、彼女自身の外側の世界にある事柄である。しかし、それは古い考え方なのだ。彼女は自分を無実だと見なし、そう断言する。キッチンから痕跡を消し去ろうと奮闘しているときでさえ、彼女は自分には罪がないと感じており、したがって、罪がないのである――ほとんど。彼女の悲哀、彼女の涙が清廉潔白の証拠である。鬱病や自殺という作り話を彼女は自分でも信じかけている。車内に残されたインチキな証拠さえほとんど信じそうになっている。自分を説得することさえできれば、彼女は楽々と、首尾一貫した嘘をつくだろう。嘘は彼女の真実なのだ。だが、彼女がつくりあげたものはまだ新しくてもろい。父の恐ろしい頬笑みが、死体の顔に冷やかに浮かんでいた、あのわかっていると言いたげな笑みが、それをひっくり返してしまうかもしれない。だからこそ、母の罪のなさをエロディに裏書きしてもらう必要があるのである。だからこそ、いま、わたしといっしょに身を乗り出して、彼女はこの詩人の途切れとぎれの言葉に耳を傾けているのだ。エロディはまもなく警察の事情聴取を受けるはずだった。だから、彼女の考え――それが彼女の記憶を方向づけ、彼女の話を秩序づける――を適切なものにしておかなければならない。

クロードは、トゥルーディとはちがって、自分の犯罪を認めていた。彼はルネサンス型の人間、マキャヴェリ・タイプの権謀術数主義者であり、人殺しをしてもうまく逃れられると信じている古いタイプの悪党だった。世界は主観性の靄を通して彼の前に現れるわけではなかった。それは愚かさと貪欲によって屈折し、ガラスや水を通したときのように折り曲げられて、それでもくっきりと内側の目のスクリーンに映し出される。真実とおなじくらい鮮明な、光り輝く嘘なのだ。クロードは自分が愚かなことを知らない。愚か者にどうしてそれがわかるだろう？ 彼は決まり文句の下生えのなかをまごまご歩いているとしても、自分が何をやり、なぜやったのかは理解している。捕まったり罰せられたりしないかぎり、あとを振り返ることもなく人生を謳歌し、自分自身を咎めることはけっしてないだろう。いろんなことがあるなかで自分は不運だったと思うだけだ。自分は合理主義者の遺産を受け継ぎ、その終身保有権をもっているのだと主張するかもしれない。啓蒙主義の敵対者は、彼こそその精神を具現した存在だと言うだろう。ばかばかしい！

だが、わたしには彼らの言いたいことはわかる。

16

エロディはわたしにはどうもよくわからない。半分しか思い出せない唄みたいで——実際、尻切れトンボのメロディなのである。玄関ホールでわたしたちのそばをすり抜けたとき、まだ彼女が父の愛人だと思っていたとき、わたしはあの魅惑的な革のこすれる音に耳を澄ました。けれども、きょうはもっと柔らかいものを着ていて、たぶん色ももっとカラフルなのにちがいなかった。今夜の詩の朗読会で、彼女は異彩を放ったことだろう。悲嘆にくれて号泣しているとき、彼女の声は澄んでいた。けれども、フィアンセの手首をつかんで、遺体安置所に行ったときの話は、ゴロゴロいう語尾が消えていくたびに、彼女の都会的な咽喉音を、美味しそうな炒め物《フライ＝アップ》を思い出させた。いま、母がキッチン・テーブル越しに腕を伸ばして、両手で客の手を包みこんでいると、彼女の母音にアヒルの声がよみがえるのが聞こえた。わたしの母の信頼に包まれて緊張が解け、詩人、エロディは父の詩を褒めたたえていた。彼女がいちばん好きなのはソネットだという。

「彼は会話体で書きましたが、豊かな意味をたたえていて、しかもとても音楽的でした」

彼女が過去形で話したのは間違いではなかったが、耳にさわった。まるでジョン・ケアンクロスの死がすでに完全に確認され、受けいれられ、公然と認知されて、ローマ略奪みたいに、悲嘆を超えた歴史的事実であるかのような言い方だった。トゥルーディはわたしよりもっと気にしただろう。これまでは、わたしは彼の詩は駄作だと信じるように仕向けられていたが、きょうは、再評価のお膳立てがすっかり整っていた。

トゥルーディの声は重々しく、偽善に満ちていた。「彼の詩人としてのほんとうの価値がわかるまでには、長い時間がかかるでしょう」

「ええ、そうです、そのとおりです！　でも、すでにわかっていることもあります。ヒューズを超えて、フェントンやヒーニーやプラスと並んでいるということです」

「呪文みたいな名前だな」とクロードが言った。

これがエロディの厄介なところだった。彼女はここで何をしているのか？　彼女は自由奔放なコリュバスみたいに踊り、ピントがずれたり合ったりする。父を褒めちぎるのはわたしの母を慰めるひとつのやり方なのだろうか？　だとすれば、あまりいい考えではなかった。あるいは、悲しみで判断力が狂っているのか？　それなら、大目に見ることにしよう。それとも、彼女の自己評価は彼女の保護者のそれと密接に結びついているということか？　それはないだろう。ひょっとすると、彼女はだれが愛人を殺したのか探り出すために来たのだろうか？　それなら、なかなか面白いのだが。

わたしは彼女に好意をもってもいいのか、それとも、疑いの目で見るべきなのか？

母は彼女を愛していて、手を放そうとしなかった。「こういうことはわたしよりあなたのほうがよく知っているはずよ。これだけのスケールの才能には犠牲が付きものだということは。本人にだけではないけれど。彼は親しくない人にも、だれにでも親切だった。見知らぬ他人に対しても。よく言われたものよ。『ヒーニーとおなじくらい親切だ』って。わたしはヒーニーのことは知らないし、彼の詩を読んだこともないけれど。でも、そういう表面のすぐ下で、ジョンは苦しんでいた——」

「まさか！」

「自己不信。絶え間ない精神的苦痛。彼は愛している人たちにくってかかったりした。でも、いちばん容赦なかったのは自分自身に対してだった。そうして、ようやく詩が書かれるの——」

「そして、それから、日が昇る」クロードは義姉が何を言いたいか理解していた。

それにかぶせるように、彼女は大声で言った。「あの会話体の詩だけれど、あれを魂から搾り出すまでには、長い、血のにじむ戦いがあったのよ——」

「まあ！」

「私生活はメチャメチャだった。そして、いま——」

彼女は運命的な現在を孕むその小さな言葉を喉に詰まらせた。こんな再評価の日に、わたしの勘違いかもしれないが、父は詩を作るのが速い、とわたしはむかしから思っていた。非難されても仕方ないほど楽々と書いたのである。あるとき、自分が問題にしていないことを示すため、声に出して読んだ批評でも、それがやり玉に挙げられていたし、あの悲しい訪問のあいだにも、母にこう言うのを聞いたことがある。すぐに心に浮かばないものは、浮かぶべきでないものなのだ。

容易さには特別な恩寵がある。あらゆる芸術はモーツァルトのようになることを熱望しているのだと。それから、彼は自分の厚かましさを自分で笑ったけれど。そういうことをトゥルーディは覚えていないだろう。そして、父の精神状態について嘘を並べているときでさえ、自分が彼の詩句から言葉を借りていることにもけっして気づかないだろう。くってかかる？　搾り出す？　魂から？　すべて借り着だったのに！

しかし、それは感銘を与えた。冷静な母は自分が何をしているかよくわかっていたのである。エロディがつぶやいた。「知らなかったわ」

それから、また沈黙が流れた。トゥルーディは、恰好のポイントにフライを落とした釣り師みたいに、じっと待っていた。クロードが一言、ただの母音を発しかけたが、たぶん彼女ににらみつけられたのだろう、それはそのまま断ち切られた。

わたしたちの客が芝居がかった口調で話しはじめた。「ジョンの教えはわたしの胸にすべて刻みこまれています。どこで改行すべきか。『けっして行き当たりばったりにしてはならない。しっかりと舵をにぎり、意味を、意味のまとまりをつくること。決断、決断、決断』自分の韻律の構造を知り、『意識的にリズムをくずすこと』それから、『形式は檻ではない。それは別れるふりしかできない古い友だちなのだ』それから、感情。彼は言うんです。『思いをぶちまけたりしないこと。ひとつのディテールが真実を語るんだ』また、こうも言っています。『ページのためではなく、声のために書け。地区教会ホールでの雑多な人々が集まる夕べのために書け』彼はわたしたちにジェイムズ・フェントンの強弱格の特性についての文章を読ませて、そのあと、次週までの宿題を出しました——行末欠節の強弱四歩格で四連から成る詩を作ること。このややこしい注文を聞いて、わたしたちは笑いだしましたが、彼はその例としてわらべ唄をうたってくれました。『男の子も女の子も《ボーイズ・アンド・ガールズ》、おもてに出て遊ぼうよ《カム・アウト・トゥ・プレイ》』それから、オーデンの『秋の歌』を暗誦してくれたんです。『木の葉がどんどん舞い落ちる《ナウ・ザ・リーヴズ・アー・フォーリング・ファースト》、乳母の花束は長くはもつまい《ナースィズ・フラワーズ・ウィル・ノット・ラースト》』行末に欠けている音節があると、なぜこんなに効果的なのか？　わたしたちには答えられませんでした。それでは、弱音節が復活している詩はどうなのか？　『ウェンディは急いでわたしの服をぬがせた《ウェンディ・スピーデッド・マイ・アンドレッシング》、ウェンディはシーツの愛撫である《ウェンディ・イズ・ザ・シーツ・カレッシング》』彼はベッチェマンの『ニューベリー近くでの室内遊戯』をそっくり覚えていて、わたしたちをクスクス笑わせてくれました。それで、その宿題として、わたしはフクロウの詩の最初の一篇を書いたんです――『秋の歌』とおなじ韻律で。

彼はわたしたちに自分の最強の詩を暗記させました。初めて朗読するときに大胆になれるように、原稿を持たずにステージに立てるように。そう考えると、わたしはほとんど恐怖で気が遠く《ジ・アイディア・メイド・ミー・ニアリー・フェイント・》なりました《ウィズ・フィア》。ほら、いまもわたしはいつの間にか強弱格の韻を踏んでいるわ！」

詩の韻律分析の話に興味をもったのはわたしだけだった。わたしは母がジリジリしているのを感じた。話があまりにも長すぎる。わたしにも息ができたなら、いまや、わたしはぐっと息を詰めただろう。

「彼はわたしたちに飲み物をおごってくれたり、一度も返さなかったのにお金を貸してくれたり、ボーイフレンドやガールフレンドとの問題や、親との喧嘩や、いわゆる詩作のスランプについて話を聞いてくれました。わたしたちのグループの詩人志望の酔っ払いの保釈保証人になってくれたこともあったんです。わたしたちが補助金や文芸欄のちょっとした仕事をもらえるように手紙も書いてくれました。わたしたちは彼が愛した詩人たちを愛し、彼の意見がわたしたちの意見になりました。彼のラジオ講座を聴き、彼が勧める朗読会に行き、彼の詩の朗読会にも行きました。わたしたちは彼の詩や逸話や決まり文句を覚えました。彼をよく知っていると思っていたんです。成熟した人間で、わたしたちの指導者だったジョンもまた、問題を抱えているのだとは思ってもみませんでした。わたしたちとおなじように、彼も自分の詩を疑っていたのだとは。わたしたちの悩みはたいていはセックスとお金のことで、彼の苦悩のようなものではありませんでした。わたしたちにもそれがわかってさえいたら」

フライに魚が食いつき、ラインがぴんと張ってブルブル震え、いまや獲物は魚籠《びく》のなかだった。母が体の力を抜くのをわたしは感じた。

あの謎めいた粒子、わたしの父が、しだいに大きさを増し、真摯で高潔な存在になってきた。わたしは誇らしさと罪の意識の板挟みになっていた。

トゥルーディが少々のことでは動じない、親切な声で言った。「なにも変わらなかったでしょう。あなたは自分を責めるべきじゃないわ。わたしたちは、クロードとわたしはすべてを知っていたんです。そして、すべてを試してみたんだから」

クロードは、自分の名前が聞こえて目を覚ましたかのように、咳払いをした。「助けようがなかったんだ。自分が自分の最悪の敵だったんだから」

「あなたが帰る前に」とトゥルーディが言った。「ちょっとあなたに渡したいものがあるんだけど」

わたしたちは玄関への階段をのぼり、さらに二階まで上がった。母とわたしはいかにも悲嘆にくれた歩き方で、それにエロディがつづいた。そのあいだに、クロードに処分すべきものをまとめさせるつもりにちがいなかった。いま、わたしたちは蔵書室のなかに立っていた。三方の壁が詩の本で埋まっているのを見まわして、若い詩人ははっと息を呑んだ。

「ひどくかび臭くてごめんなさい」

すでにそうだった。本も、この蔵書室そのものが喪に服していた。

「あなたに一冊持っていってほしいの」

「いいえ、そんなことできません。まとめて保存しておくべきじゃないでしょうか?」

「わたしはあなたに持っていってほしいし、彼もそう思うにちがいないわ」

というわけで、彼女が選ぶあいだ、わたしたちは待った。

エロディは困惑していたので、すばやかった。彼女は戻ってきて、選んだ本を見せた。

「ジョンがなかに自分の名前をサインしているんです。ピーター・ポーター。『真摯さの代償』。〈ある葬儀〉が入っています。やはり四歩格ですけど。ものすごくすてきな詩です」

「ああ、そう。彼は一度食事に来たことがあった、と思うわ」

そう言ったときに、ドアベルが鳴った。いつもより大きく、長かった。母の体がこわばり、心臓がガンガン打ちはじめる。彼女は何を怖れているのだろう?

「お客様が多いのはわかっていました。どうもほんとうに――」

「シーッ」

わたしたちは足音を忍ばせて踊り場に出た。トゥルーディが警戒しながら手摺りから身を乗り出す。ほら、注意して。遠くから、クロードがドアフォンに話しかける声が聞こえ、それからキッチンの階段を上がる足音がした。

「ああ、なんてこと」と母がつぶやいた。

「だいじょうぶですか？　お掛けになりますか？」

「ええ、そうするわ」

わたしたちは引き下がった。玄関のドアから見えない場所に引っこんでいたほうがよかった。エロディが母に手を貸して、夫が詩を朗誦するときに彼女が坐って白昼夢を見ていた、ひび割れた革の肘掛け椅子に坐らせた。

玄関のドアがあく音、小声で話す声、ドアの閉まる音。それから、ひとりだけ戻ってくる足音が聞こえた。もちろん、デーニッシュのデリバリーだった。オープンサンド、わたしのニシンの夢が現実になるのだ、部分的には。

トゥルーディもそういうすべてを了解した。「あなたを玄関まで送るわ」

階下のドアのところで、出ていく直前に、エロディがトゥルーディを振り返って言った。「あすの朝、九時に、警察に行くことになっているんです」

「ほんとうにごめんなさい。大変でしょうけど、知っていることはなにもかも話すことね」

「そうします。ありがとう。この本もありがとうございました」

ふたりは抱き合って、キスを交わし、彼女は帰っていった。エロディはここに来た目的を果したのだろう、とわたしは思った。

わたしたちはキッチンに戻った。わたしは妙な気分だった。飢えていた。疲労困憊していた。絶望していた。心配だったのは、いまは、あのドアベルを聞いたあとでは、とても食べる気になれない、とトゥルーディが言うのではないかということだった。恐怖心は嘔吐を催させる。わたしは生まれないまま死ぬだろう。無味乾燥な死。けれども、彼女とわたしと飢えは一心同体で、もちろん、アルミ箔のボックスは引き裂かれた。そして、彼女とクロードががつがつ食べた。きのうのコーヒーカップがまだ置かれているかもしれない、キッチン・テーブルの横に立ったまま。

口に物を頬張ったまま、彼が言った。「荷造り完了、出発準備オーケーか？」

ライ麦パン《プンパーニッケル》にのせた酢漬けニシン、ピクルス、レモンのスライス。わたしに達するまでにあまり時間はかからなかった。まもなくわたしは警戒心を呼び覚まされた。血液より塩分の濃い、ピリッとくるエキスによって。澄んだ、黒々とした、冷たい水のなかを孤独なニシンの群れが北に向かって泳いでいくあたり、広々とひらけた海洋道路越しに飛び散る波しぶきの塩辛さによって。それは次々にやってきた。北極からの刺すような風がわたしの顔に吹きつける。氷河の自由に向かって突き進む、怖れを知らぬ船の船首に堂々と立っているかのように。つまり、トゥルーディはオープンサンドを次々にたいらげていったのである。とうとう最後の一切れになったとき、彼女はそれを一口かじって、投げ出した。頭がクラクラして、腰をおろす必要を感じていた。

そして、うめき声を洩らした。「美味しかったわ！　ほら、涙が出ている。うれし涙が」

「わたしは出かける」とクロードが言った。「だから、ひとりで泣けるだろう」

すでに長いあいだ、わたしはこの場所には大きすぎるサイズになりかけていたが、いまや大きくなりすぎていた。手足はギュッと胸に押しつけられ、頭は唯一の出口にぴったりはまり込んでいる。わたしはきつすぎる帽子みたいに母体をかぶっていた。背中が痛くて、体調もよくないうえ、爪は切る必要があるほど伸びている。わたしは疲れきって、まどろみが思考を消し去らずに解き放つ薄闇のなかに漂っていた。空腹、そのあとは眠気。ひとつの欲求が満たされると、もうひとつがそれに取って代わる。欲求が単なる気まぐれに、贅沢になるまで際限《アド・インフィニタム》もなく。ここにはわたしたちの存在条件の核心に迫るなにかがある。だが、それはほかの人たちに任せることにしよう。わたしは酢漬けになり、ニシンの群れがわたしを連れ去ろうとしている。わたしは巨大な群れの肩に乗せられて北へと運ばれていく。彼の地に到着したときに聞こえるのは、アザラシの声や氷の軋る音ではないだろう。証拠を湮滅する音、蛇口から流れる水の音、石けん水の泡のはじける音。夜中に鍋をガサゴソやる音、食べこぼしや人毛やネズミの糞が散らばっている床を剝きだしにするために、椅子をキッチン・テーブルに上げる音だろう。そうなのだ。彼がふたたび彼女を誘い、ネズミちゃんと呼んで、乳首をきつくつまみ、彼女の頰に嘘つきの息を吹きこみながら、決まり文句でふくれた舌を差しこんだとき、わたしはたしかにそこにいた。

　そして、なにもしなかった。

17

目を覚ますと、ほとんど物音がせず、わたしは水平の位置になっていた。いつものように、わたしはじっと耳を澄ました。トゥルーディの心臓の忍耐強い足踏みの向こう側、彼女の呼吸のスースーという音と胸郭のかすかに軋る音の向こう側から、きちんと管理されている真夜中の都市みたいに、目に見えない配慮と規制のネットワークによって維持されている体の、つぶやき声やなにかがしたたるような音が聞こえる。いくつもの壁の向こう側からは、わたしの叔父の、いつもよりは静かな、リズミカルな騒音。部屋の外からの、交通の音は聞こえない。ほかのときなら、できる範囲で寝返りを打って、夢のない眠りのなかにもう一度沈みこむところだが、いまは一本の棘が、前日のある事実の切っ先が、眠りの繊細な組織に突き刺さっていた。と、その裂け目からすべてが、だれもが、小さな俳優志願者たちが入りこんでくる。最初はだれだろう？ 笑みを浮かべたわたしの父。その寛大さや才能に関する、新しい、どう考えるべきかわからない噂。それから、わたしが縛りつけられている母親、愛すると同時に忌み嫌わずにはいられない母親。男根崇拝者的、悪魔的なクロード。韻律を吟味する詩人、信用できない強弱弱格のエロディ。そして、臆病者のわたし。復讐に、その他もろもろに気を取られて、考えることをしていないわたし。そういう五人の登場人物が現れて、現実に起こったとおりの役柄を演じたり、そうだったかもしれない、これからそうなるかもしれない役柄を演じるのだが、わたしには演技に指示を出す権限はなく、ただ見ているだけだった。そんなふうにして、数時間が過ぎていった。

　しばらくすると、わたしは人声で目を覚まさせられた。体が斜めになっている。ということは、母がベッドのなかで体を起こして、重ねた枕にもたれかかっていることを意味した。外の交通はまだふだんの激しさには達していなかった。わたしの推測では、午前六時というところだろう。最初に心配になったのは、早朝から死の壁《ウォール・オブ・デス》参りをするはめになることだった。けれども、それはなさそうで、彼らは体にふれ合いもせず、会話だけだった。快楽はもう充分に味わったので、少なくとも昼ごろまではもつのかもしれない。ということは、いまや、恨み言を言ったり、分別に立ち返ったり、悔やんだりさえできる機会が訪れたということだったが、彼らが選んだのは一番目だった。母は恨み言を言うときの平板な声で話していた。わたしにちゃんと聞き取れた最初の文句はこれだった。

「もしもわたしの人生にあなたがいなければ、ジョンはいまでも生きていたのに」

クロードはちょっと考えてから言った。「わたしの人生にきみがいなくても、おなじことだったろう」

彼がそうやってブロックしたあと、沈黙が流れた。それから、トゥルーディがふたたび試みた。

「あなたがあれを持ってきたから、ばかばかしいゲームが別のものになってしまったんだわ」

「きみがそれを飲ませたんだがね」

「でも、あなたが持ってこなければ――」

「いいかね。かわいこちゃん」

やさしい呼びかけの言葉は、ほとんどの場合、脅しだった。彼は息を吸って、もう一度あらためて考えた。やさしくしてやる必要があるのはわかっていた。けれども、欲望抜きでエロティックな見返りを約束されないままやさしくするのは、彼にはむずかしかった。彼の喉はこわばっていた。「オ、ー、ケ、イ、だ。犯罪性はないんだ。すべて計画どおり進んでいる。あの娘はすべて適切なことを言うだろう」

「わたしのおかげでね」

「きみのおかげだというのは正しい。死亡証明書はオーケイ。遺言書もオーケイ。火葬やいろんな手配もオーケイ。赤ん坊や家の売却もオーケイだ――」

「でも、四百五十万は――」

「オーケイさ。最悪の場合には、プランBの計画になるが、それもオーケイだ」

わたしを売りとばすというのは言葉の綾でしかないかもしれない。けれども、生まれた時点でわたしは自由になる。あるいは、無価値に。

トゥルーディが軽蔑したように繰り返した。「四百五十万」

「即決だ。面倒なやりとりはなし」

恋人たちの教理問答《カテキズム》。前にもやったことがあるのだろう。わたしはいつも耳を澄ましているわけではないのだ。「なぜ急ぐの？」と彼女が訊く。「万一にそなえて」と彼が言う。「なぜあなたを信用しなければならないの？」と彼女が訊く。「そうするしかないからさ」と彼が言う。

家の売買契約書はもう届いているのだろうか？　彼女はすでにサインしたのだろうか？　わたしは知らなかった。わたしはときどき居眠りをするし、すべてを聞いているわけではない。だが、かまうものか。わたしは無一物であり、不動産に関心はない。高層マンションだろうと、トタン屋根のぼろ家だろうと、その中間のどんな橋や寺院だろうと。そんなものはくれてやる。わたしの関心はただ分娩後のみ。出発の際に岩に刻まれるひづめの跡（ムハンマドは、聖なる岩から天に昇ったとき、天馬のひづめの跡を岩に残したとされる）。血を流しながら昇天する子羊。どこまでも上昇する。気球なしの熱気。バラストを捨てて、わたしを連れていってくれ。わたしにもやらせてほしいのだ。わたしの来世、地上の楽園、いっそ地獄でもいい、十三階だってかまわない。わたしはそれも受けいれる。希望と事実を区別するのはむずかしい。それはわかっているけれど、わたしはそれでも誕生後の生を信じている。永遠とまでは言わない。人生七十年？　それを包んでくれれば、わたしは受け取るつもりである。希望については——彼岸での生を夢見て行なわれる最近の虐殺のことは聞かされている。現世での騒乱が次の生での至福につながるのだという。ひげを生やしたばかりの、きれいな肌をした若者が、パリのヴォルテール大通りでライフルを持ち、おなじ世代の若者たちのきれいな、信じられないと言いたげな目を見つめる。罪のない人々を殺したのは憎しみではなく、信仰だった。その飢えた亡霊が、いちばん穏健な地区においてさえいまだに崇められている。はるかむかしに、なんの根拠もない確信をだれかが美徳だと宣言した。そして、いま、いちばん礼儀正しいはずの人々がそうだと言っている。わたしはそういう人たちによる寺院の境内からの日曜日の朝の放送を聴いた。ヨーロッパのもっとも徳の高い亡霊たち、宗教。そして、それが揺らいだときには、科学的な証拠があふれんばかりの神のいないユートピア。そのふたつが十世紀から二十世紀まで、この大地を焼き尽くした。それがいま、また東方から勃興して、自分たちの千年王国を追い求め、よちよち歩きの幼児たちにテディベアの喉を掻き切ることを教えている。そして、わたしは彼岸の生についての自家製の信仰をもっている。わたしはこれがラジオ講座以上のものであることを知っている。わたしが聞いている声は、わたしの頭のなかの、あるいはなかだけの声ではない。わたしも自分の時代がやってくると信じているのだ。わたしだって徳を重んじているのである。

＊＊＊

午前中はなにも起きなかった。トゥルーディとクロードの小声での辛辣なやりとりは、やがて途切れとぎれになり、ふたりは数時間眠りこんだ。そのあと、彼女はクロードをベッドに残して、シャワーを浴びた。猛スピードで降りかかる水滴のザーザーいう温かさと、母の楽しげなハミングのなかで、わたしはなんとも説明できない歓びと興奮を体験した。わたしは我慢できなかった。幸福感を抑えられなかった。一時的なホルモンのせいだろうか？　しかし、それはほとんどどうでもよかった。世界が金色に見えたのだ。色合いはわたしにとっては単なる名前でしかないけれど。それが黄色に近いことは知っているが、それだって単なる言葉にすぎない。だが、金色がふさわしいのだと思う。そう感じるのである。わたしの後頭部に沿って滝のように流れるぬくもりが、そんなふうに感じられる。こんなに屈託のない歓びを感じた覚えはなかった。わたしは準備ができている。わたしは出ていく。世界はわたしを受け止めて、わたしに心を配るだろう。わたしには抵抗できないはずだから。胎盤を通してではなく、グラスで味わうワイン。ランプの明かりのなかでじかに読む本。バッハの音楽。海辺の散策。月明かりの下のキス。これまでに学んだすべてから、そういう歓びは金のかからない、手の届くものであり、わたしを待っていることがわかっている。豪雨のような湯がやんで、わたしたちがひやっとする空気のなかに出て、トゥルーディのタオルで揺すられてちょっとボーッとしたときでさえ、わたしの頭のなかではまだ唄声が響いているような気がした。天使たちの唄声が！

また暑い一日だった。またもやコットンプリントのふわふわとした――とわたしは夢想する――サマードレス。きのうのサンダル。香水はなし。というのも、彼女の石けんには、クロードがプレゼントしたものなら、クチナシとパチョリの香りがついているからだ。きょうは髪を三つ編みにしない。その代わり、両耳の上で留めたふたつのプラスチックの色鮮やかな――とわたしは確信している――道具で、髪を後ろのほうに束ねた。お馴染みの階段を下りていくと、わたしは気が沈むのを感じた。たったいま、何分かのあいだ、わたしは父のことを忘れていたのである！　わたしたちは清潔なキッチンに入っていく。この不自然な片付き方は、わたしの母からわが父への一夜の捧げ物だった。彼女の葬送の儀式である。音の響き方も変化して、サンダルはもはや床には張りつかず、蝿はどこかほかの天国に引っ越していた。コーヒーメーカーに歩み寄りながら、わたしとおなじように、彼女も考えているにちがいなかった。エロディは事情聴取を終えたころだろう。警察は自分たちの第一印象を確認するか、破棄するかのどちらかになるだろう。実際、いまのところ、わたしたちには、その両方が同時に正しかった。この先で、道はふたつに分かれているように思えたが、じつはすでに分かれているのである。いずれにせよ、警察はまたやってくるだろう。

彼女は戸棚のコーヒー粉の缶とフィルターペーパーに手を伸ばし、蛇口をひねってジャグに水を入れて、スプーンを取った。大半のカップはきれいだった。彼女は二個取り出した。この決まりきった手順には、家庭的なモノがぶつかり合う音には、どこか哀しげなところがある。動かしにくい体をちょっと曲げたり、向きを変えたりするとき、彼女が洩らすかすかなため息にも。人生のどんなに多くの部分が起きるそばから忘れられていくか、わたしはすでによく知っている。大部分が忘れられていくのである。顧みられることのない現在が、どんどんわたしたちから解《ほど》かれて消えていく。顧みられることのなかった考えの山、ずっと忘れられている存在の奇跡。彼女がもはや二十八歳でなく、妊娠しているわけでも美しくもなくなり、自由でさえなくなったとき、彼女はこのスプーンを置いた仕草や、それがシンクに当たって立てた音を覚えてはいないだろう。きょう彼女が着ているサマードレスや足指のあいだのサンダルの革紐の感触も、夏の暑さも、家の壁の向こうの漠然とした街の噪音も、閉めきった窓のそばでふいにどっと鳴きだした小鳥たちの声も。すでに、みんな消えてしまっているだろう。

けれども、きょうは特別だった。彼女が現在を忘れているとすれば、それは未来に、すぐそこまで来ている未来に気を取られているからだった。彼女はこれからつかなければならない嘘のことを、どんなふうにその辻褄を合わせ、クロードのそれと矛盾しないようにすべきかを考えていた。これはプレッシャーだった。むかし試験の前に感じたような気分だった。お腹がちょっとひやりとして、膝から下に力が入らず、やたらにあくびがしたくなる。彼女は台詞を暗記しなければならなかった。失敗の代償はどんな学校の試験より高くつく、興味深いものになるだろう。こどものときからの古い勇気づけの呪文を試すこともできるだろう――だれも実際に死ぬわけじゃない。だが、それは効き目がないだろう。彼女に代わってわたしはそう感じる。わたしは彼女を愛している。

いまや、わたしは彼女を庇《かば》いたい気持ちになっている。美人はもっと別の掟に従って生きるべきだという、じつにどうしようもない考えをわたしは捨て去ることができずにいる。わたしが想像している彼女のような顔には特別の敬意が払われて然るべきだ。彼女を刑務所に入れたりするのは冒瀆である。自然に反する行為なのだ。この家庭的瞬間にはすでに懐かしさがある。それは宝物であり、記憶の貯蔵所に保存すべき宝石である。この片付いたキッチンの、陽光と静けさのなかで、クロードが朝寝をしているあいだ、彼女はわたしのものだった。わたしたちは、彼女とわたしは親密で、恋人同士より親密であるべきなのだ。わたしたちにはなにごとか、たがいの耳にささやき合うべき言葉があるはずだった。

それは、別れの言葉かもしれないが。

18

午後のはじめに電話が鳴り、未来が侵入してきた。本件の担当になったクレア・アリソン主任警部だという。愛想のいい声で、非難がましいところはすこしもなかった。よくない兆候かもしれない。

わたしたちはふたたびキッチンにいた。クロードが受話器を持ち、もう一方の手にはこの日一杯目のコーヒーを持っていた。トゥルーディはそのすぐそばに立っていて、わたしたちには両側の声が聞こえた。本件？　この単語には脅すような響きがあった。主任警部？　これも助けにはならなかった。

相手の便宜をはかろうとする熱意に、わたしは叔父の不安を感じとった。「ええ、そうです。そうですとも！　もちろんです。どうぞそうしてください」

アリソン主任警部はわたしたちを訪ねてくるつもりだという。ふつうなら、ふたりに警察署に来てもらってちょっと話を聴くか、または、それが妥当な場合には、調書を作成するのだが、トゥルーディの妊娠がかなり進んでいることや、家族の悲嘆を考えて、主任警部と巡査部長が一時間以内に訪問することにした。故人と最後に接触があった場所を見ておきたいとも思っているという。

この最後の一言が、わたしには無害でもっともなことに聞こえたが、クロードを熱狂的な歓迎ムードに突入させた。「どうぞおいでください。すばらしい。どうぞ。ありのままのわたしたちをごらんください。お待ちしています。どうか――」

主任警部が電話を切った。彼はわたしたちのほうに振り向いた。たぶん蒼白い顔をしているのだろうが、落胆したような声で言った。「ああ」

トゥルーディは彼の言い方を真似ずにはいられなかった。「すべて……オーケイ、なんでしょ？」

「本件というのは何なんだ？　犯罪性のある事件ではないのに」彼は想像上の聴衆に向かって訴えかけていた。長老会議に。陪審員に。

「いやだわ」と母がつぶやいた。独り言みたいに。それとも、わたしに言っているのかもしれない、とわたしは思いたかったが。「いやだ、いやだわ」

「これは検死官の仕事のはずだ」クロードはいかにも不満げにわたしたちから離れたが、キッチンを一周して戻ってきたときには憤激していた。いまや、彼の不平の矛先はトゥルーディに向けられていた。「これは警察の問題じゃない」

「あら、そうなの？」と彼女が言う。「じゃ、警部に電話して、そう教えてあげたほうがいいわね」

「あの詩人の女。信用できないのはわかっていたんだ」

なぜかエロディのことは母の責任になっているようで、これは非難する口調だった。

「あなたは彼女が気にいっていた」

「彼女は役に立つだろうと言ったのはきみだぞ」

「あなたは彼女が気にいっていた」

無表情に二度繰り返しても、彼はその挑発には乗らなかった。

「だれだって気にいるんじゃないかね？　だれがそんなこと気にするというんだ？」

「わたしよ」

彼らが仲間割れした場合、わたしにはどんな利点があるかをあらためて考えてみた。そうなったら、彼らは捕まるかもしれない。そのときは、トゥルーディはわたしのものになる。刑務所では、授乳中の女性のほうが扱いがいい、と彼女が言うのを聞いたことがある。けれども、わたしは生得の権利、すべての人間の夢である自由を失うことになる。それとは逆に、チームを組んでさえいれば、彼らはなんとか切り抜けられるかもしれない。そうすれば、彼らはわたしを里子に出してしまうだろう。母親はいなくなるが、自由にはなれる。だとすれば、どちらがいいか？

これは前にも考えたことがあるのだが、いつもおなじ聖なる場所に、ただひとつの理にかなった結論に帰着する。物質的な快適さを失うことになるとしても、わたしは広いほうの世界に賭けてみたい。わたしはすでにあまりにも長く幽閉されている。だから、自由のほうに一票を投じたいのだ。人殺したちは逃げのびなければならない。それなら、いまはちょうどいい機会だろう。エロディに関する議論が進みすぎないうちに、母にもう一発蹴りを入れ、わたしの存在という興味深い事実で、口論から彼女の気をそらすには。一回ではなく、二回でもなく、あらゆる古きよき物語における魔法の回数。ペトロがイエスを否認したのとおなじ、三回。

「オオ、オオ、オオ！」ほとんどどうたうような声だった。クロードが椅子を引き出して、彼女に水を持ってきた。

「汗をかいてるぞ」

「暑いのよ」

彼は窓をあけようとしたが、この窓はもう何年もピクリとも動いたことがなかった。冷蔵庫に氷がないかと覗きこむ。最近ジン・トニックをふたりで三回もお代わりしたので、トレイは空だった。そこで、彼は彼女の向かい側に坐って、冷やかな同情を差し伸べた。

「だいじょうぶだろう」

「いいえ、そんなことないわ」

彼の沈黙がそれに同意する。わたしは四回目の蹴りを入れることを考えたが、トゥルーディは危険なムードだった。攻撃をつづけて、危険な応答を招くかもしれない。

一瞬の間をおいて、なだめるようなやり方で、彼は言った。「最後にもう一度だけリハーサルしておく必要がある」

「弁護士はどうなの？」

「いまからではちょっと遅すぎる」

「弁護士抜きで話すつもりはないと言えば？」

「ちょっとおしゃべりに来るだけだというときに、よく思われないだろう」

「いやだわ、こんなの」

「最後にもう一度リハーサルしておくべきだ」

しかし、彼らはやらなかった。ただ呆然として、アリソン警部がやってくるのを待っていた。

一時間以内というのはいまや数分以内に迫っていた。すべてを、ほとんどすべてを知っているわたしは、この犯罪に関わりがあり、もちろん、訊問される心配はなかったが、それでも不安だった。と同時に、好奇心もあった。はやく主任警部の腕前が見たくて仕方なかった。偏見のない目の持ち主ならば、数分もしないうちにこのふたりの化けの皮を剝がせるにちがいなかった。トゥルーディは神経に、クロードは愚かさに裏切られることになるだろう。

父がやってきた朝のコーヒーカップはいまどこにあるのだろう、とわたしは考えていた。たぶん、場所を移されて、キッチンの流しのそばに、洗わないまま置かれているのだろう。カップのDNAは、母と叔父が真実を言っていることを証明するだろう。どこか近くにデーニッシュのパン屑もあるにちがいなかった。

「急いで」と、やがてクロードが言った。「やっておこう。喧嘩がはじまったのはどこだった？」

「キッチンよ」

「いや。玄関だ。何についてだった？」

「お金よ」

「いや。きみを追い出すと言ったからだ。彼はどのくらい前から鬱病だった？」

「何年も前からよ」

「何カ月も前からだ。わたしはいくら彼に貸してあった？」

「千ポンド」

「五千だよ。おいおい。トゥルーディ」

「わたしは妊婦よ。妊娠すると頭の働きが鈍くなるのよ」

「きみがきのう自分で言ってたじゃないか。すべてをありのままに話して、それに鬱病をプラス、スムージーをマイナスして、喧嘩をプラスするんだって」

「それと、手袋のこともプラスして、彼がここに戻ってこようとしていたことはマイナスする」

「ああ、そうだ。もう一度。彼が鬱病になった原因は？」

「わたしたちのこと。借金。仕事。赤ちゃん」

「よし」

彼らはふたたびリハーサルをした。三度目には、すこしはよくなったようだった。わたしはどんなに不快な共犯者意識で、彼らの成功を祈らなければならなかったことか。

「じゃ、言ってみて」

「起こったとおり。マイナス・スムージー、プラス・喧嘩と手袋、マイナス・鬱病、プラス・彼がここに戻ってくるつもりだったこと」

「違うよ。くそ！　トゥルーディ。ありのまま。プ、、、プラス・鬱病、マイナス・スムージー、プラス・喧嘩、プラス・手袋、マイナス・彼が戻ってくるつもりだったこと、だ」

ドアベルが鳴って、彼らは凍りついた。

「まだ準備ができてないって言ってよ」

これは母が思いついたジョークか。それとも、彼女が恐怖を抱いている証拠だろうか。

いかにも彼が言いそうな卑猥な言葉をつぶやきながら、クロードはドアフォンに向かったが、途中で考えを変えて、階段から玄関へと向かった。

トゥルーディとわたしは神経質に足を引きずって、キッチンを歩きまわった。彼女も小声でつぶやきながら、自分の物語を復習していた。なかなか有益だったのは、何度もつづけて記憶をなぞっていくたびに、実際の出来事から遠ざかっていくことだった。彼女は自分の記憶を覚えようとしていたのだが、転写エラーは彼女には都合がよかった。それは真実になるまでのあいだ、都合のいいクッションになるからである。それに、彼女はこうも言えた——自分がグリコールを買ったわけではないし、ジャッド・ストリートに行ったり、ドリンクを混ぜたり、車のなかになにかを置いたり、ブレンダーを処分したわけでもない。彼女はキッチンを掃除したが、これは法律に違反するわけではない。そうと確信すれば、意識的な術策からは解放されて、うまくやれるチャンスがあるかもしれない。効果的に嘘をつけるのは、ゴルフのスイングが物になるときのように、自意識から解放されたときなのだから。スポーツのコメンテーターがそう言うのをわたしは聞いたことがある。

　わたしは耳を澄まして、下りてくる足音を選り分けた。アリソン主任警部はかなりの年配であるにもかかわらず骨細で、小鳥みたいに軽そうだった。握手が交わされた。巡査部長の朴訥《ぼくとつ》な「どうも」という挨拶から、きのう来た年長のほうの男だとわかった。何が彼の昇進の妨げになったのだろう？　階級か、学歴か、知能指数か、スキャンダルか——この最後の理由であってくれれば、同情する必要はなくなるのだが。

　きびきびした動作の主任警部はキッチン・テーブルの前に腰をおろすと、まるでここが彼女の家であるかのように、わたしたちにも坐るように促した。男のほうが騙しやすかったのに、とたぶん母は考えているのだろう。アリソンはフォルダーをひらき、話をしながら、ボールペンのノックボタンをずっとカチカチいわせていた。まず最初に言っておかなければならないのは——と言ってからきわめて効果的な間をおいたが、トゥルーディとクロードの目をじっと覗きこんでいるにちがいなかった――大切な夫、大切な兄、大切な友人だった人をこんなふうに失ったことを、どんなに気の毒に思っているかということだ、と彼女は言った。大切な父親は含まれなかった。わたしはお馴染みの排除のさむけが湧き上がるのを抑えつけなければならなかった。それでも、彼女の声は温かく、体つきのわりには大らかで、職務の範囲内でリラックスしていた。軽いロンドン訛りはまさに都会的な落ち着きそのものの響きで、容易には乱されそうもなかった。わたしの母の無理のある苦しげな声では揺るがせられないだろう。そういう古い手は利きそうになかった。時代は変わったのである。そのうちいつか、ほとんどの英国の政治家がこの主任警部みたいなしゃべり方になるのだろう。彼女は銃を持っているのだろうか、とわたしは思った。それには威厳がありすぎた。女王陛下が現金を持ち歩かないように。人を撃つのは巡査部長以下の部下たちの仕事なのだろう。

彼女の説明によれば、これはこの痛ましい出来事を彼女がもっとよく理解するための非公式な会話であり、トゥルーディとクロードは質問に答える義務はないということだった。しかし、それは間違いだった。彼らは答える義務があると感じていたし、答えを拒否すれば疑わしく思われるにちがいなかった。だが、主任警部が一手先を読む人間だったなら、従順に受けいれるほうがかえって怪しいと思うかもしれなかった。なにも隠すことがない人は、警察の誤解や非合法的な侵入に対する予防措置として、弁護士を要求するにちがいないのだから。

一同がテーブルに着いたとき、わたしについての儀礼的な質問がなかったことが腹立たしかった。予定日はいつごろですか？　男の子それとも女の子？

主任警部はそういうことにはすこしも時間を無駄につかわなかった。「お話が終わったら、家のなかを見せていただければと思っています」

要望というよりは当然の事実を述べるような言い方だった。クロードはいそいそと、あまりにもいそいそと答えた。「ああ、もちろん。もちろんですよ！」

そうでなければ、家宅捜査令状という手もあるにちがいなかった。階上の部屋はむさ苦しいだけで、警察が関心をもつようなものはなにもなかったけれど。

主任警部がトゥルーディに言った。「ご主人はきのうの午前十時ごろ、ここに来たんですね？」

「そうです」クロードの手本になるような、平然とした声だった。

「で、緊張状態があったんですね？」

「もちろんです」

「なぜもちろんなんですか？」

「ジョンが自分の家だと思っている場所に、わたしは彼の弟と住んでいるんですから」

「ここはどなたの家ですか？」

「夫婦の家です」

「結婚生活は終わっていたのでは？」

「そうです」

「彼のほうも終わったと思っていたのかどうか、うかがってもよろしいですか？」

トゥルーディはためらった。これには正しい答えと間違った答えがあるかもしれない。

「彼はわたしを取り戻したいと思っていましたが、女友だちも欲しいと思っていたんです」

「そういうお友だちの名前をご存知ですか？」

「いいえ」

「でも、彼はあなたに打ち明けたんじゃありませんか？」

「いいえ」

「それでも、あなたは知っていたんですね」

「もちろん、わたしは知っていました」

トゥルーディはちょっと軽蔑するような余裕を見せた。まるで、ほら、わたしは本物の女《リアル・ウーマン》なのよ、とでも言いたげに。しかし、彼女はクロードの教えを無視した。あらかじめ相談したことだけを足し引きして、あとはありのままを話すはずだったのに。叔父が椅子の上でもぞもぞする音が聞こえた。

アリソンは間をおかずに話題を変えた。「コーヒーを飲んだんですね？」

「ええ」

「三人とも。テーブルをかこんで？」

「三人ともです」これはクロードだった。黙っているとあまりよくない印象を与えるのではないかと心配したのである。

「ほかには何も？」

「え？」

「コーヒーといっしょに。なにかほかにも出しましたか？」

「いいえ」母の声には警戒するような響きがあった。

「コーヒーのなかには何を入れましたか？」

「何ですって？」

「ミルクは？　砂糖は？」

「彼はいつもブラックでした」彼女の脈拍が上がった。

しかし、クレア・アリソンの態度は中立的で、なにものにも動じる気配がなかった。彼女はクロードのほうを向いた。「で、あなたは彼にお金を貸したんですね？」

「はい」

「いくらですか？」

「五千ポンドです」とクロードとトゥルーディが同時に、だが不ぞろいに答えた。

「小切手で？」

「現金でした、じつは。彼がそうしてほしいと言ったので」

「あなたはジャッド・ストリートのジュース・バーに行ったことがありますか？」

クロードは質問が終わるか終わらないかのうちに答えた。「一度か二度。ジョンがその店を教えてくれたんです」

「きのうは行かなかった、と思いますが」

「ええ」

「彼のつば広の黒い帽子を借りたことはありませんでしたか？」

「いいえ、一度も。わたしの好みじゃありませんから」

これは間違った答えだったかもしれない。だが、考えている暇はなかった。質問はあらたな重みを帯びてきた。トゥルーディの心臓の鼓動が速くなった。わたしは彼女にしゃべらせたくはなかったが、彼女は喉を絞めつけられたような声で言った。

「わたしからの誕生日プレゼントでした。彼はあの帽子が気にいっていたんです」

主任警部はすでに別のことに移っていたが、もとに戻って付け加えた。「監視カメラで見えたのは帽子だけなんです。DNA鑑定のために送りましたが」

「そういえば、お茶もコーヒーもお出ししていませんでした」と、トゥルーディが変わってしまった声で言った。

主任警部は両方とも断り、ずっと無言の巡査部長も首を横に振ったにちがいなかった。「最近では、それが大部分なんです」と、彼女は懐かしげな口調で言った。「科学とコンピューターの画面ばかり。ええと、どこまで行ったんでしたっけ――ああ、そう。緊張状態があったんですね。しかし、メモには、喧嘩があったとなっていますが」

クロードもわたし同様、大急ぎで計算することになるだろう。彼の髪の毛が帽子のなかに見つかるにちがいないのだから。さっきの正しい答えは、〈ええ、ちょっと前に借りました〉だったのだ。

「ええ」とトゥルーディが言う。「いつものことで――」

「差し支えなければ、その原因を――」

「わたしにこの家から出てほしいと言いだしたんです。わたしは自分の都合のいいときに出ると答えましたが」

「車で帰ったとき、彼はどんな精神状態でしたか?」

「よくありませんでした。まともじゃなかった。混乱していました。彼はほんとうはわたしに出ていってほしくなかった。わたしを取り戻したかったんです。だから、エロディが自分の愛人だというふりをして、わたしに妬かせようとしたんです。彼女がほんとうのことを教えてくれました。ふたりのあいだには関係はなかったということを」

よけいなことまでしゃべりすぎた。彼女は落ち着きを取り戻そうとしていたが、早口でしゃべりすぎ、一呼吸おかずにはいられなかった。

クレア・アリソンは黙っていた。次はどんな方向へ向かうのか、とわたしたちは待ちかまえていたが、彼女はこの話題から離れようとせず、できるかぎり差し障りのない言い方を選んで言った。「それはわたしの情報とは違います」

一瞬、なにも感じられなくなった。あたかも音そのものが殺されてしまったかのように。トゥルーディがしゅんとすると、わたしの周囲のスペースが縮んだ。彼女の背骨が老女みたいに丸まった。わたしはちょっぴり得意だった。初めから疑っていたからである。彼らはどんなに勢いこんでエロディの話を信じこんだことか。いまや、乳母の花束はけっして長くはもたないことを、彼らは思い知った。しかし、わたしも気をつけなければならない。主任警部だって嘘をつくそれなりの理由があるのかもしれないからだ。彼女はボールペンをカチカチ鳴らしながら、話を次に進めようとしていた。

わたしの母が小声で言った。「それじゃ、いちばん騙されていたのはわたしだったのね」

「お気の毒です、ミセス・ケアンクロス。でも、わたしの情報源は確かです。とても複雑な若い女性とだけ言っておきましょうか」

トゥルーディにとって、自分が被害者になり、夫の不実に補強証拠があるのは悪いことではない、という考え方を検討してみることもできるかもしれない。しかし、わたしは驚いていた。わたしたちはふたりとも驚いていた。主任警部がわたしの母に別の質問を持ち出すと、わたしの父、あの節操の不確かな男が、さらにわたしから遠ざかっていった。彼女は、罰を受けた少女の震えが加わった、おなじ小声で答えた。

「暴力は？」

「ありませんでした」

「脅しは？」

「ありません」

「あなたの側からも？」

「ありません」

「鬱病についてはどうですか？　それについてなにか言えることはありませんか？」

親切な口調だったが、罠にちがいなかった。だが、トゥルーディは口をつぐもうとはしなかった。新しい嘘をつくりだすにはあまりにも頭が混乱し、自分の真実を確信していたので、これまで言ってきたことを頼りにして、おなじ本当らしくない言い方をした。絶え間ない精神的苦痛……愛する人たちに暴言を吐き……魂から詩を搾り出していた。わたしの目に鮮やかなイメージが浮かんだ。立派な制服がよれよれになり、疲労困憊した兵士たちの隊列。ポッドキャストのセピア色の記憶である。何回にもわたって放送されたナポレオン戦争の話。母とわたしがまだ気楽だったころのことだった。ああ、あのボナパルトの野郎が国境の内側にとどまって、フランスの

ために いい法律を書きつづけてくれればよかったのに、と考えたことを思い出す。

クロードが口を挟んだ。「自分自身が最悪の敵だったんです」

声の響き方が変化したので、主任警部が彼のほうを向いたことがわかった。「彼自身は別として、ほかには敵はいませんでしたか？」

もったいぶったところのない口調だった。よく言えば、気楽な感じだが、悪く言えば、悪意に満ちているとも言える。

「わたしにはわかりません。むかしからそんなに親しくはなかったんです」

「それじゃ」と、彼女はもっと温かみのある声で言った。「お兄さんとのこども時代のことを教えてください。よろしければ、ですが」

よろしかった。「わたしは三つ年下でしたが、彼はなんでも得意でした。スポーツも、勉強も、女の子のことも。彼はわたしのことを取るに足りないクズだと思っていました。で、大人になると、わたしは彼が唯一できなかったことをやったんです。金儲けです」

「不動産とか」

「そういうものです」

主任警部はまたトゥルーディのほうを向いた。「この家は売りに出ているんですか？」

「とんでもない」

「そう聞いていますが」

トゥルーディはなんとも答えなかった。ここ数分で、初めてのみごとな対応だった。

主任警部は制服を着ているのだろうか、とわたしは考えていた。きっとそうだろう。つば付きの制帽がテーブルの彼女の肘の横に、巨大なくちばしみたいに置かれているのだろう。彼女は哺乳類のもつ同情心とは無縁で、ほそおもてで、唇は薄く、ボタンをきっちりとかけていて、歩くときには、鳩みたいに首を振るにちがいない。几帳面なやかまし屋だ、と巡査部長は思っているだろう。彼の同僚には及びもつかない、かならず昇進していくタイプ。かなりの地位にまで昇りつめるだろう。すでにジョン・ケアンクロスは自殺だと判断しているのか、それとも、妊娠末期は犯罪のいい隠れ蓑になると考える理由があるのか。主任警部の発言には、ちょっとした一言でも、さまざまな解釈の余地があったけれど、わたしたちにできるのは推測することだけだった。クロードもそうだが、彼女も狡猾なのか愚鈍なのかその両方なのか、見当がつかなかった。わたしたちにはわからないということが、彼女の切り札なのだろう。わたしの見たところでは、彼女はちょっと疑っているが、まだなにも知らないようだった。しかも、彼女には上司の目がある。この会話は非公式なものであり、正規の手順の妨げになるおそれがある。彼女は何が真実かより何が適切かで選ぶだろう。キャリアは彼女の卵であり、彼女はその上に坐って、温めながら待っているのだから。

19

しかし、わたしは以前にも勘違いしたことがある。

次は何か？　クレア・アリソンは家のなかを見たいという。あまり歓迎できる考えではなかったが、だれもが知っているように、事態が悪いほうに向かっているとき、いまさら許可を取り消せば、さらに悪化させるだけだろう。巡査部長が先頭に立って木の階段をのぼり、次にクロード、主任警部、そのあとに母とわたしがつづいた。一階に着くと、かまわなければ、いちばん上の階に行って、〝そこから順に見ていく〟ことにしたい、と主任警部が言った。トゥルーディはそれ以上階段をのぼりたくなかった。それで、ほかの人たちはそのままのぼっていったが、わたしたちは居間に入って、腰をおろし、考えこんだ。

わたしはフットワークが軽い自分の思いを彼らより先に送りこんで、まず蔵書室に向かわせた。漆喰の埃と死の匂いがするが、比較的片付いている。その上の階のベッドルームとバスルームは、散らかり放題の私生活そのものだ。ベッドには肉欲と途切れとぎれの眠りがもつれ、床にはトゥルーディが脱ぎ捨てた服が散らばり、バスルームにもふたのない瓶や軟膏、汚れた下着が散らかっている。こういう無秩序が疑り深い目にはどう映るのだろう、とわたしは思った。倫理的に中立の目では見られないだろう。物を蔑視することは、その秩序や清潔さを蔑ろにすることは、法律や、価値観や、人生そのものを鼻で笑うのとおなじ領域に属するのではないか。犯罪者とは秩序から逸脱した精神にほかならないのだから。とはいえ、ベッドルームが片付きすぎていれば、それも疑わしいことになるだろう。コマドリみたいにきびきびした主任警部は、一目でそれを見て取って、その場を離れるだろう。だが、意識的な思考より下の部分では、嫌悪感が彼女の判断力を歪めるかもしれない。

もっと上の階にも部屋があるが、わたしはまだ行ったことがなかった。わたしは思考を一階に戻して、躾《しつけ》がいいこどもみたいに、母親の付き添いをすることにした。心臓の鼓動は落ち着いていた。ほぼ平静を取り戻したようである。なるようにしかならないと思い定めたのかもしれない。ふくらんだ膀胱がわたしの頭を圧迫している。けれども、いまはそのためにわざわざ動くことはできなかった。彼女は計算していた。彼らの計画のことを考えているのかもしれない。しかし、よく考えるべきなのは、自分の利益がどこにあるのかということだろう。クロードから自分を切り離すこと。どうにかして彼を窮地に陥れること。ふたりいっしょに刑期を務めるには及ばない。そうすれば、彼女とわたしはここで侘しく暮らすことになるだろう。大きな家にひとりきりになれば、わたしを里子に出したいとは思わなくなるだろう。その場合には、わたしは彼女を赦すと約束する。少なくとも、彼女のことはあとで考えることにするだろう。

しかし、いまは計画を立てている暇はなかった。彼らが下りてくる足音が聞こえる。あけ放しの居間のドアの前を通って、玄関へ向かった。主任警部が遺族の妻に敬意のこもった暇乞いをせずに立ち去ることはありえない。実際には、クロードが玄関のドアをあけ、兄が駐車していた場所をアリソンに見せているのだった。初めは車のエンジンがかからなかったこと、喧嘩にもかかわらず、エンジンがかかって車がバックして道路に出たときには、彼らが手を振ったことを彼は説明した。事実をありのまま語る手本として。

それから、クロードと警官たちがわたしたちの前に来た。

「トゥルーディ――トゥルーディと呼んでもよろしいですか？　こんな大変なときに、とてもよく協力していただきました。ほんとうに親切にしていただいて、なんと申し上げればいいか――」主任警部はなにかに気を取られて、口ごもった。「あれはご主人のものですか？」

彼女が目を留めたのは、父が運びこんで、張り出し窓《ベイ・ウィンドウ》の下に置いていったダンボール箱だった。母は立ち上がった。もしも厄介なことになるのなら、自分の背の高さに物を言わせたほうがいいからである。それと横幅も。

「彼はここに戻ってこようとしていたんです。ショアディッチを出て」

「見せてもらってもよろしいですか？」

「本だけですけど、どうぞ」

床にひざまずいて箱をあけようとしたとき、巡査部長があえぎ声を洩らした。おそらく主任警部はしゃがみこんで、いまやコマドリではなく、巨大なアヒルみたいな恰好をしているのだろう。わたしが彼女を嫌うのは間違っている。彼女こそ法規範であり、わたしはすでにホッブズの法廷にいるのだ。国家が暴力を独占するのでなければならない。だが、主任警部のやり方はわたしを苛立たせる。わたしたちが黙って聞いているしかないのを知りながら、独り言を言うようなふりをして、父の所有物を、彼の愛読書をパラパラめくっているそのやり方は。

「どうしたんでしょうね。非常に、非常に悲しいことですが……。高速道路の停車帯で……」

もちろん、これは演技であり、前口上だった。そして、案の定、主任警部は立ち上がった。たぶん、トゥルーディをまっすぐ見つめているのだろう。わたしをかもしれないけれど。

「しかし、ほんとうに不思議なのはこれなんです。グリコールのボトルにひとつも指紋が付いてなかったんです。カップにもありませんでした。鑑識課から聞かされたばかりなんですけど。なんの痕もなかったんですよ。じつに奇妙です」

「ああ！」とクロードが言ったが、トゥルーディがそれをさえぎった。わたしは警告したかった。

あまり勢いこむべきではないと。あまりにも速く、彼女の説明が口を突いて出た。「手袋です。皮膚病だったんです。彼は自分の手をとても恥ずかしがっていたんです」

「ああ、手袋！」と主任警部は声をあげた。「そうですね。すっかり忘れていました！」彼女は一枚の紙をひろげて見せた。「これですか？」

母は一歩前に出て、覗きこんだ。写真をプリントアウトしたものにちがいない。「そうです」

「ほかには持っていなかったんですか？」

「こういうのは持っていませんでした。わたしは必要ないと言っていたんですが。実際には、だれも気にしていないんだから」

「ずっと手袋をしていたんですか？」

「いいえ。でも、よくしていました。とくに気分が落ちこんでいるときには」

主任警部は出ていこうとした。これで一安心である。わたしたち一同は玄関ホールまで彼女に付いていった。

「妙なことがあるんです。これも鑑識からなんですが。けさ、電話があったのに、うっかり忘れていました。お知らせしておくべきでした。ほかにもいろんなことがあるもので。第一線勤務の人員削減とか、地域的な犯罪率の増加とか。それはともかく。右手の手袋の人差し指と親指なんですがね。まさかと思うでしょうが、とっても小さいクモが巣を張っていたんです。何十匹も。それで、トゥルーディ、あなたはこれを聞いて喜ぶだろうと思いますが——クモの赤ちゃんたちは元気です。もう這いまわっているんです！」

玄関のドアが、たぶん巡査部長によって、あけられた。主任警部が外に出ていく。彼女が歩きだすと、その声が遠ざかり、交通の騒音に溶け合った。「そのクモの学名がどうしても思い出せないんですが……。あの手袋に最後に手が入れられてから、かなり時間が経っていることになりますね」

　巡査部長が母の腕に手をかけて、しばらくしてから、別れ際にやさしい声で言った。「あすの朝、また来ます。あと二、三、はっきりさせたいことがあるんです」

20

　わたしたちは正念場を迎えていた。ただちに、やりなおしの利かない、自己破滅的な決定をくださなければならない。だが、まずその前に、トゥルーディは二分間の孤独を必要としていた。わたしたちは急いで地下に、ユーモアに富むスコットランド人が隠所《クラジー》と呼ぶ施設に下りていった。そこで、わたしの頭部への圧迫感が軽減されて、母がため息をつき、さらに何秒か坐っているあいだに、わたしの考えははっきりした。少なくとも、新しい方向に向かった。わたしの自由のためには、殺人者たちは逃げるべきだと思う。だが、これは狭量すぎる、利己的にすぎる考えかもしれない。ほかにも考えるべきことはある。叔父への憎しみが母への愛を上まわることになるかもしれない。彼を罰するほうが彼女を救うより高潔だということになるかもしれない。あるいは、そのふたつを同時に達成することも可能かもしれない。

キッチンに戻ったとき、わたしはまだそういうことをくどくどと考えていた。警察が帰ったあと、どうやらクロードは自分がスコッチを必要としていることに気づいたようだった。わたしたちが入っていったとき、ボトルから注ぐじつに誘惑的な音が聞こえると、トゥルーディは自分もそれを必要としていることに気づいた。たっぷり一杯。水道水で割って、ハーフ・アンド・ハーフにして。黙って、叔父は言われたとおりにした。黙って、彼らはシンクのそばに向かい合って立った。乾杯をしているときではなかった。彼らはたがいに相手の誤りを、あるいは自分の誤りをも、見つめていた。あるいは、どうすべきかを考えていた。これは彼らが怖れると同時に、それに備えてもいた緊急事態だった。それぞれのグラスをぐっとあおると、なにも言わずに、二杯目を注いだ。わたしたちの生活は変わろうとしていた。アリソン主任警部が、気まぐれな、薄笑いを浮かべた神みたいに、わたしたちの頭上にのしかかっていた。なぜ彼女はその場ですぐ逮捕せずに、わたしたちを放っておいたのか、手遅れになるまでわたしたちにはわからないだろう。側面から証拠をかためようとしているのか、帽子のDNA鑑定結果を待っているのか、ほかの仕事に移ったのか。母と叔父が考えなければならないのは、これからどんな選択をするにせよ、それは警部の予想どおりで、彼女はそれを待ちかまえているのかもしれないということだった。あるいは、こういうことも、警部は彼らの怪しげな計画にまではまだ思いが至っていないということも考えられなくはない。とすれば、一歩先手を取ることができる可能性がある。それこそ大胆に行動すべき理由のひとつかもしれない。だが、いまのところ、彼らは飲むほうを選んでいた。シングルモルトで一息入れることも含めて、たとえ彼らが何をしようと、クレア・アリソンを喜ばせることにしかならないのかもしれないが。いや、そんなことはないだろう。彼らの唯一のチャンスは思いきった選択をすることなのだ――いますぐに。

トゥルーディは腕を上げて、三杯目を制しようとしたが、クロードはそんなことにはおかまいなしだった。あくまでも頭脳の明晰さを追求するつもりなのだろう。彼が飲み物を注ぐ音がする――生《き》のままで、長々と――それからグビッと飲みくだす聞き慣れた音。共通の目的が必要なときに、どうすれば口論せずに済むのかを、ふたりとも考えているのかもしれなかった。遠くからサイレンの音が聞こえた。救急車にすぎなかったが、それが彼らの恐怖心をチクリと刺した。国家の格子が目に見えないかたちで街中に張りめぐらされており、それを逃れることはできないだろう。だが、それが刺激になって、ようやく口から言葉が洩れた。明白な事実を告げる有用な一言。

「まずいわね」母の声はしわがれて、低かった。

「パスポートはどこだ？」

「わたしが持っているわ。現金は？」

「わたしのスーツケースのなかだ」

しかし、彼らは動かなかった。やりとりの不釣り合い――トゥルーディの答えの曖昧さ――が叔父を憤激させることはなかった。彼が三杯目を干しかけたころ、トゥルーディの一杯目がわたしに達した。あまり官能的とは言えないが、いい意味でも悪い意味でも、この場に、始まりの見えない終わりという感覚にふさわしくはある。凍てつく峡谷《グレン》を走る古い軍用道路が目に浮かんだ。湿った石と泥炭《ピート》の匂い。鋼鉄の音とぐらつく岩を踏んで我慢強く進む重い足音。過酷な不公正の重み。南向きの斜面からはるか彼方、遠くの山々としだいに薄れていくその藍色の重なりを縁取るように、むくむくと湧き立つ紫色の雲に白っぽい粉がふいている。わたしはむしろそんなところに行きたかった。けれども、わたしは妥協する——わたしの初めてのスコッチはなにかを解放してくれる。過酷な解放ではあるけれど——ひらかれた門の先にあるのは、頭が考え出すものを怖れたりそれに抗ったりすることでしかないのだから。わたしはいままさにそれに直面している。わたしは問われ、みずからに問いかけている。いまわたしは何をいちばん欲しているのか？　どんなものでもかまわない。リアリズムは制限因子にはならない。ロープを切り、精神を解き放て。わたしは考えずに答えることができる——わたしはひらかれた門から出ていくのだ。

階段に足音がする。トゥルーディとクロードは驚いて、顔を上げた。警部がどこからか家に入ってきたのだろうか？　泥棒がよりによって最悪の夜を選んだのだろうか？　ゆっくりとした、重々しい足取り。黒い革靴が見え、それからベルトをした腰のあたり、シャツには吐瀉物の染みがついている。そして、無表情でありながら同時になにかはっきりとした目的をもっているような、恐ろしい顔。父は死んだときの服のままだった。顔には血の気がなく、すでに腐りかけている唇は緑がかった黒で、目は細く、人を射抜くように鋭かった。いま、彼は階段の下に立っているが、わたしたちが覚えているより背が高かった。彼は死体置き場からここに来たのだが、自分が何を欲しているかはっきり知っていた。母が震えているので、わたしも震えていた。輪郭がちらつくような、幽霊じみたところはすこしもなかった。幻覚ではないのである。これは肉体をそなえたわたしの父、ジョン・ケアンクロスその人だった。母の恐怖のうめき声に誘われたかのように、彼はわたしたちに向かって歩きだした。

「ジョン」と、クロードは警戒しながら、尻上がりの口調で言った。この人物の目を覚まさせれば、本来の非存在に引き戻せるかのように。「ジョン、わたしたちだよ」

これはちゃんと伝わったようだった。彼はグリコールとウジが湧きそうな肉の甘ったるい瘴気を漂わせながら、わたしたちのすぐそばに立っていた。彼が不滅の石でできた、細くて鋭い、漆黒の目でじっと見ているのは、わたしの母だった。気味の悪い唇を動かしたが声は出ず、舌は唇よりさらに黒かった。彼女からじっと目を離さずに、片腕を伸ばした。骨と皮だけの手が叔父の喉をつかんだが、母は悲鳴を上げることさえできなかった。依然として、乾いた目がじっと彼女に注がれている。これは彼女のための、彼からの贈り物だった。無慈悲に喉をつかんでいる手にぐっと力がこもると、クロードはガクリとひざまずき、目が飛び出した。両手で兄の腕を叩いたり引っ張ったりしたが、無駄だった。かすかなキイキイ声が、哀れなネズミの啼き声だけが、まだ息のある証拠だったが、やがてそれも聞こえなくなった。それまでチラリとも彼を見ようとしなかった父は、弟を放して、妻を引き寄せ、細いけれど鋼みたいに強い腕で抱きしめた。そして、彼女の顔を仰向かせると、冷たい、腐りかけた唇で長く、激しいキスをした。彼女は恐怖と嫌悪と羞恥で打ちのめされた。この瞬間が死ぬまで彼女を苦しめることになるだろう。だが、そんなことには無頓着に、彼は彼女を放して、もと来たほうに戻っていく。階段をのぼりきらないうちに、その姿は消えかけていた。

そう、わたしは訊かれ、みずからにも問いかけたが、これがわたしが欲しているものだった。こどもじみたハロウィーンの空想。この世俗的な時代に、ほかにどうすれば亡霊に復讐させられるだろう？　ゴシック的なものは理性によって追放され、魔女たちはヒースの野原から退散し、魂にとって非常に厄介な物質主義だけが残されたすべてなのだから。物質が何なのかを完全に理解できれば、わたしたちはもっといい気分になれるだろう、とあるときラジオの声が言った。そうだろうか。わたしはけっして欲するものを手に入れられないだろう。

＊＊＊

夢想から醒めると、わたしたちはベッドルームにいた。わたしには階段をのぼった記憶はなかった。ワードローブのドアが立てるうつろな音、ハンガーのガチャンという音、スーツケースがベッドに上げられ、さらにもうひとつ上げられて、鍵をあけるバシッという音がした。あらかじめ用意しておいたのだろう。警部は今夜にも来るかもしれないのだから。彼らの計画というのはこれだったのだろうか？　悪態をついたり、ぶつぶつ言う声が聞こえる。

「どこにあるんだ？　さっきここにあったのに。わたしの手のなかに！」

彼らはベッドルームを行ったり来たりして、引き出しをあけたり、バスルームを出たり入ったりしていた。トゥルーディがグラスを落として、それが床に砕け散ったが、彼女はほとんど気にかけなかった。なぜか、ラジオがついていた。クロードがラップトップを持って腰をおろすと、小声で言った。「列車は九時だ。タクシーはもうすぐ来る」

ブリュッセルよりパリのほうがいい、とわたしは思う。その先への連絡がいいからだ。まだバスルームにいるトゥルーディがつぶやいている。「ドル……ユーロ」

彼らの話すすべてに、彼らが立てる物音にさえ、どこか告別の辞の響きがあった。別れの唄の、悲しげに解決する和音みたいに。これで終わり。わたしたちはもう戻ってこない。この家は、そこでわたしが育つはずだったわたしの祖父の家は、いまや消えようとしていた。わたしは忘れてしまうだろう。犯罪人引き渡し条約に加盟していない国のリストを思い出させてやりたい。ほとんどが住み心地のよくない、無法な、暑い国である。逃亡者にとって、北京は快適な場所だと聞いたことがある。世界的な都市の、人口の密集した広大なひろがりの奥深くに埋もれた、英語を話す悪党たちで繁栄する村。人生を終えるにはなかなかいい場所だろう。

「睡眠薬。鎮痛剤」とクロードがどなる。

彼の声が、その口調が、わたしをその気にさせた。いまや決断のときだった。彼はスーツケースを閉じて、革のストラップを締めている。じつにすばやかった。すでになかば荷造りしておいたにちがいない。旧式の二輪式のスーツケースで、四輪ではなかった。クロードがそれを持ち上げて、床に下ろす。

トゥルーディが言う。「どっち?」

彼女は二枚のスカーフを掲げて見せているのだと思う。クロードは選んだほうをうなり声で示した。これはいつもどおりのふりをしているにすぎなかった。列車に乗って、国境を横切るとき、罪の意識が声をあげるだろう。もう一時間しかないので、急がなければならなかった。持っていきたいコートがあるのに、見つからない、とトゥルーディが言う。そんなものは必要ない、とクロードは主張する。

「軽いのよ」と彼女が言う。「白いやつだけど」

「人混みで目立つぞ。監視カメラに映ったとき」

彼女は結局それを見つけたが、そのときちょうどビッグ・ベンが八時を打ち、ニュースがはじまった。彼らは手を休めて聴こうとはしなかった。まだまとめなければならないものが二、三あったからだ。ナイジェリアでは、〝炎の番人《キーパーズ・オブ・ザ・フレーム》〟によって、こどもたちが両親の前で焼き殺された。北朝鮮では、ロケットが発射された。世界中の海面の水位上昇が予想を上まわっている。しかし、それらは彼らにとっての優先事項ではなく、新しい大破局のために取っておかれた。貧困と戦争が組み合わさり、それにときには気候変動が加わって、何百万もの人々が故郷から追い立てられている。古代の叙事詩の現代版さながら、膨大な人々が移動している。ドナウやラインやローヌといった春に増水する河川みたいに、憤激したり、絶望したり、希望を抱いたりしている人々が、西洋の幸運にあやかろうとして、国境のかみそり有刺鉄線《レーザー・ワイヤ》のゲートに押しかけたり、何千人もが溺れたりしている。ニュースの常套句になっているように、これはまさに聖書的な現象なのかもしれないが、彼らのために海が、エーゲ海やイギリス海峡がふたつに分かれることはないだろう。古いヨーロッパは夢を見ながら寝返りを打ち、同情と恐怖のあいだで、援助と嫌悪のあいだで揺れ動く。今週は心を動かされ、親切かと思うと、次の週には心を閉ざし、やけに分別臭くなる。助けたいとは思うのだが、自分が持つものを分かち合ったり失ったりしたくはないからである。

　そして、いつだって、彼らにはもっと差し迫った問題がある。ラジオやテレビが至るところで延々としゃべりつづけているあいだにも、人々はやらなくてはならない作業をつづけている。一組のカップルが旅の荷造りを終えた。スーツケースは閉じられたが、若い女は母親の写真も持っていきたいと思っている。彫刻が施された重たいフレームは、スーツケースに入れるには大きすぎる。専用の道具がなければ写真をフレームから外せないが、その特殊なキーのような道具は地下室の、どこかの引き出しの底にある。タクシーが外で待っている。列車は五十五分後に出る予定だが、駅まではかなり距離があり、セキュリティ・チェックやパスポートの審査で並ばなければならないかもしれない。男はスーツケースのひとつを踊り場まで運び出して、ちょっと息を切らせて戻ってくる。キャスターを利用すればよかったものを。

「ほんとうにもう出発しなくちゃ」

「まだこの写真があるのよ」

「わきに抱えていけばいい」

けれども、彼女にはすでにハンドバッグと白いコートと引っ張らなければならないスーツケースがあり、おまけにわたしも運ばなければならなかった。

クロードはうめき声を洩らしながら、ふたつめのスーツケースを持ち上げて運び出した。この不必要な努力によって、もう時間がないことを強調しようとしたのである。

「一分もかからないわ。左側の引き出しのいちばん手前の角に入っているから」

彼は後ろを振り返った。「トゥルーディ。出発するぞ。いますぐに」

やりとりは素っ気なさから激しい苛立ちに変質していた。

「じゃ、あなたが持ってちょうだい」

「とんでもない」

「クロード。わたしの母なのよ」

「知るもんか。もう出かけるぞ」

しかし、そうはいかないだろう。わたしはこれまで何度も方向転換したり、意見を変えたり、誤った解釈をしたり、洞察を欠いたり、自己破壊を試みたり、受動性を悲しんだりしてきたが、ついに決心したのである。もうたくさんだ。わたしの羊膜は半透明のシルクの袋で、とても丈夫で、それがすっぽりとわたしを包んでいる。なかは液体で満たされていて、それが外界やその悪夢からわたしを護ってくれていた。だが、もはやそんなことを言ってはいられない。いまこそ妊娠を終わらせて、すべてを始めるべきときなのだ。胸にギュッと押さえつけられている右腕を自由にしたり、手首を動かせるようにするのは容易ではないが、それにはなんとか成功した。人差し指がわたしの母をこの窮地から救い出すための特別な道具になるだろう。まだ二週間早かったが、爪はかなり伸びている。まず一度、わたしは爪で膜を切り裂こうとした。爪は柔らかく、羊膜はいくら薄いとはいえ、丈夫だった。進化はその役割を心得ている。だが、爪が付けた跡にそっとさわってみると、はっきりとしたくぼみがある。そこにもう一度爪を立てる。それから、さらにもう一度。五回目にはかすかに食いこむ感触があり、六回目にはごく小さな裂け目ができた。その裂け目に指を差しこむ。さらに二本、三本、四本、最後にはこぶしを突き入れる。どっと大量の液体が流出するのがわかった。人生の始まりの大瀑布。わたしを保護していた液体が消え去った。

　写真は結局どうなったのか、九時の列車はどうだったのか、わたしには永久にわからないだろう。クロードは部屋の外の、階段の上にいた。両手にスーツケースをぶら下げて、いままさに下りていこうとしていた。

　母が、落胆したような、うめくような声を発して、彼を呼んだ。「ああ、クロード」

「どうしたんだ？」

「わたしの水が。破水したの！」

「それはあとでなんとかしよう。列車に乗ってから」

これは策略だ、と彼は思っているにちがいなかった。これは口論のつづきであり、嫌ったらしい女の面倒事のひとつで、いまはそんなことに関わり合っている暇はないと思っているのだろう。

わたしは羊膜を脱ごうとする。初めての脱衣の経験。スムーズにはいかない。三次元は三つ次元が多すぎるような気がする。物質的な世界は大変だろうといまから予測できる。脱ぎかけた膜が膝のまわりに絡まっている。だが、かまうものか。頭の下のほうでやらなければならないことがある。何をすべきか、なぜわかっているのか、わたしにはわからない。それはひとつの謎である。生まれつき備わっている知識というものがあるのかもしれない。わたしの場合はこれと、それからほんの少しばかりの詩の韻律分析の知識。結局は、わたしたちはまっさらな石盤《スレート》ではないのだから。わたしはさっきの手を頬のあたりにもってくると、さらに子宮の筋肉の壁に沿って下に伸ばして、子宮口を見つけた。それはわたしの後頭部にぴったりと張りついていた。その外界への開口部を小さな指でそっとさわると、たちまち、なにかの呪文をとなえたかのように、母の強大な力が呼び起こされ、周囲の壁がブルブル震えて、ギュッとわたしを締めつけた。地震みたいだった。巨人が洞窟のなかで身じろぎしたかのようだった。魔法使いの弟子みたいに、解き放たれた強大な力に押しつぶされて、わたしは恐怖に襲われた。そのときが来るのを待つべきだった。こんな巨大な力にちょっかいを出すのは、よほどの愚か者だけにちがいない。遠くのほうから、母の叫ぶ声が聞こえた。助けを呼ぶ声か、勝利の雄叫びか、苦痛の悲鳴なのか。それから、わたしの頭の天辺の、頭頂部のあたりが、一センチくらいふくらむのを感じた。もう後戻りはできない。

トゥルーディはベッドに這い上がった。クロードはどこかドアの近くにいるのだろう。彼女はハアハア息をして、興奮しており、とても怖がっていた。

「はじまったわ。こんなに速いなんて！　救急車を呼んで」

彼は一瞬なんとも言わなかった。それから、ただ「わたしのパスポートはどこだ？」とだけ言った。

しくじったのはわたしだった。わたしは彼を見くびっていた。予定より早く生まれようとしたのは、クロードを破滅させるためだった。彼が厄介なのはわかっていた。それでも、彼は母を愛していて、彼女といっしょに残るだろうと思っていた。そのときになって、わたしは彼女が不屈の精神力をもっていることがわかったような気がした。クロードがハンドバッグを掻きまわし、コインがマスカラの容器に当たるチャラチャラという明るい音がしたが、その音の向こうで彼女が言った。「隠してあるわ。階下《した》に。こんなことになったときのために」

彼は考えた。不動産取引の経験があり、カーディフに高層ビルを所有していたのだから、取引のことを知らないわけではなかった。「隠し場所を教えてくれたら、救急車を呼んでやる。それから、わたしは出発する」

彼女の声には警戒する響きがあった。自分の状態を注意深く観察して、待ちかまえていた。次の波が襲ってくるのをこわごわと待っていた。「だめよ。わたしが捕まるのなら、あなたもいっしょよ」

「そうか。それなら、救急車はなしだ」

「わたしが自分で呼ぶわ。この――」

この二回目の、一回目より強い、陣痛が終わったら。ふたたび、彼女は思わず悲鳴をあげ、全身にぐっと力が入ったが、そのあいだにクロードが部屋を横切ってベッドに、ベッドサイドの戸棚に近づいて、電話線を引きちぎった。わたしは激しく圧迫され、持ち上げられて、いままでいた場所から一、二インチ下方かつ後方に吸いつけられた。頭に鉄の帯が巻きつけられて締めつけられた。わたしたち三人の運命がひとつの洞窟のなかで押しつぶされかけていた。

その波が退いたとき、クロードが国境の係官みたいに大儀そうな声で言った。「パスポートは？」

彼女は首を横に振って、呼吸が整うのを待っていた。彼らはたがいに相手を捕まえて、釣り合いを保っているかのようだった。

呼吸が回復すると、彼女は低い声で言った。「それじゃ、あなたに産婆役をしてもらうしかないわね」

「わたしの子じゃない」

「産婆さんのこどもじゃないわ、いつだって」

彼女は怯えていたけれど、指示を与えることで彼を怯えさせられた。

「それが出てくるときは、うつ伏せになっているから、あなたは両腕を持ってやさしくそっと持ち上げて、頭を支えながら、わたしの体の上に置くのよ。うつ伏せのまま、わたしの胸のあいだに。わたしの心臓の鼓動のそばに。臍の緒のことは心配しなくていいわ。自然に脈打つのをやめて、赤ちゃんは息をしはじめるから。体が冷えないように、タオルを何枚かかけてあげて。そして、待つのよ」

「待つ？　いったい何を待つんだ？」

「胎盤が出てくるのを」

彼がひるんだのか、吐き気を催したのかはわからない。相変わらず、これを片付けてしまえば、後発の列車に乗れるだろう、と計算しているのかもしれなかった。

わたしはじっと耳を澄まして、自分がやるべきことを知ろうとした。タオルの下にもぐり込む。息をする。なにも言わないこと。それにしても、それだって！　もちろん、ピンクかブルーになるのだろうが！

「じゃ、タオルを何枚か取ってきて。汚れるから。両手にたっぷり石けんをつけて、爪ブラシでよく洗ってちょうだい」

こんな深みにはまってしまい、受けいれてもらえそうな国はまだはるかに遠く、早く逃げださなければならないのに、パスポートのない男。彼は後ろを向いて、言われたとおりのことをやりに行った。

というわけで、それはつづいた。次々に押し寄せる波、叫びと号泣、苦痛が終わってほしいという嘆願。無慈悲な進行、情け容赦のない排出。わたしがゆっくり前進すると、背後で臍の緒が解けていく。前進して、外界へ。容赦ない自然の力がわたしを平らに押しつぶし、叔父の一部がしばしば逆向きに入ってきた区間を通っていく。べつにそれは気にならなかった。彼の時代には膣だった場所は、いまや誇り高い産道であり、わたしのパナマ運河なのだから。わたしは彼よりもずっと大きく、いわば遺伝子を運ぶ堂々たる船であり、古代からの情報を満載して、悠揚たる進化を遂げてきた威厳をたたえており、ありきたりなペニスでは対抗できるはずもないのだから。しばらくのあいだ、わたしは耳も聞こえず、目も見えず、口もきけず、そこらじゅうが痛かった。だが、依然としてわめきつづけているわたしの母のほうがもっと痛いにちがいなかった。大きな頭の、生意気な口をきくこどものために、あらゆる母親が払う犠牲をいままさに払っている彼女のほうが。

一瞬、蠟の引かれた道を滑りだし、ギシギシいわせながら外に出た。さあ、到着だ。丸裸で、わたしはこの王国に送りこまれた。そして、（父がその詩を朗誦してくれたことのある）あの剛胆なコルテス（J・キーツ『チャップマンのホメロスを一読して』）みたいに目を見張った。青いバスタオルの波打つ面《おもて》を見下ろして、わたしはどんなに驚き、想像力を刺激されたことか。青。わたしはむかしから知っていた。少なくとも、言葉としては。むかしから、わたしは何が青いのか推測できた——海、空、瑠璃《ラピスラズリ》、リンドウ。けれども、それは単なる観念にすぎなかった。それをついに手に入れたのだ。わたしはそれを所有し、それに所有されている。それは思っていたよりもっとはっとする色だった。これは、しかし、始まりにすぎない。スペクトルの藍色の端にすぎないのである。

わたしの忠実な臍の緒、わたしを殺しそこなった命綱は、定めどおりふいに死に絶えた。わたしは呼吸している。空気はじつに美味しい。わたしの新生児へのアドバイス——泣くのはやめて、あたりを見まわし、じっくりと空気を味わうことだ。ここはロンドンで、空気はいい。物音は凜《りん》と冴えわたり、高音域が強調されてきらめいている。柔らかく輝くタオルの色は、夜明けにわたしの父を泣かせたイランのゴハルシャド・モスクを思わせる。母が身じろぎして、わたしの頭が横を向き、クロードの姿がちらりと見えた。思っていたより背が低く、肩幅も狭く、いかにも狡そうな顔をしている。嫌悪感を浮かべているのは間違いなかった。プラタナスの枝を透かして射しこむ夕暮れの光が、天井にざわざわするパターンを描いている。ああ、脚が伸ばせるのは、そして、ベッドサイド・テーブルの目覚まし時計から、彼らがもう列車に間に合わないことを知るのは、なんと気分がいいことか。しかし、それをゆっくり味わっているゆとりはなかった。わたしのまだ柔らかい肋骨が人殺しの神経質な手で挟まれて、待ちかまえているもうひとりの雪のように白い腹の上に置かれた。

彼女の心臓の鼓動は、長年聞いてなかった古い合唱曲みたいに、遠い、くぐもった、しかし聞き慣れた音だった。曲の速度記号はアンダンテで、そのやさしい足音がわたしをほんとうにひらかれた門に誘《いざな》っていた。怖いと感じていることは否定できない。けれども、わたしは疲れきっていた。幸運にも海岸に打ち上げられた難破船の水夫だった。海がわたしのくるぶしを舐めるのを感じながら、わたしは眠りに落ちていった。

＊　＊　＊

トゥルーディとわたしは眠っていたにちがいない。ドアベルが聞こえたときまでにどのくらい時間が経ったのか、わたしにはわからなかった。なんとくっきりした響きだったことか。クロードはまだここにいて、相変わらずパスポートを捜していた。さっきまで階下に捜しにいっていたのかもしれない。いま、彼はドアフォンのモニターに歩み寄り、画面をちらりと見て、顔をそむけたが、いまさら驚くことではなかった。

「四人も」と、彼は独り言みたいに言った。

これがどういうことなのか、わたしたちは考えた。終わりだった。あまりいい終わり方ではなかったが、初めからいい終わり方などなかったのかもしれない。

母がわたしを動かして、じっくり見つめ合える位置にした。わたしはこの瞬間を待ちわびていた。父が言っていたとおり、愛らしい顔だった。髪は想像していたより濃い色だったが、目は思ったより淡い緑で、奮闘したばかりだったので頬には赤みが差し、鼻はほんとうに小さかった。この顔のなかに全世界がある、とわたしは思った。美しくて、愛情にあふれていて、人殺しをしかねなかった。クロードが部屋を横切って、あきらめたような足取りで階段を下りていく足音が聞こえる。何と言えばいいのだろう。この安らかなひととき、母の目をじっと食い入るように見つめているときでさえ、わたしは外で待っているタクシーのことを考えていた。無駄である。もう送り返すべきだろう。そして、わたしは刑務所の監房——あまり狭くなければいいが——のことも考えている。重たい扉の向こう側を、疲れきった足音がのぼっていく。初めに悲哀、次に正義、それから意味。あとは混沌。

訳者あとがき

本書はイアン・マキューアンの二〇一六年の作品『Nutshell（胡桃の殻）』を全訳したものである。

マキューアンは自作のために徹底したリサーチをする作家として知られている。たとえば『土曜日』（二〇〇五年）のためには二年間もひとりの神経外科医を追跡し、『ソーラー』（二〇一〇年）では物理学に関する記述をケンブリッジ大学の量子物理学部門の研究所にチェックしてもらったという。前作『未成年』（二〇一四年）でも、わずか二百ページあまりの中篇のために、エホバの証人の組織や信者の生活、白血病に関する医学的知見、イギリスの高等法院での審理の実際や裁判官の生活、さらには実際にあった同種の裁判での弁論の内容まで綿密にリサーチした跡がうかがえる。

ところが、この作品では、そういうリアリズムから離れて、ただ机の前に坐り、純粋に頭に浮かんでくる空想に身を委ねたのだという。そういう意味では、これまでとはかなり異質な作品である。なぜこういうものを書こうと考えたのかを問われて、マキューアンは答えている。初期の作品を別にすれば、過去二十年、彼は専門性の高いプロの仕事の世界に魅せられて、その世界に分け入ろうとする作品を書いてきた。それは非常に楽しい作業ではあったが、この辺で一度現実性から離れて、完全に自由な世界に遊びたい、想像力だけで成り立つ世界に自分を解放してやりたいと思った。彼にとって、これはいわば〝休暇〟のようなものであり、年老いた作家が二十三歳のときの自分の領域に舞い戻ったようなものだというのである(『ザ・ウォール・ストリート・ジャーナル』によるインタビュー、二〇一六年八月)。

胎児を語り手にするというアイディアは、もとはと言えば、妊娠中の義理の娘とおしゃべりをしていたとき、そこに赤ん坊がいることを強く感じたことがきっかけだった。そのあとぼんやりと夢想しているときに、「というわけで、わたしはここにいる、逆さまになって、ある女のなかにいる」という本書の冒頭の一行が浮かんだのだという。

というわけで、本書の語り手は空恐ろしい胎児である。

逆さまになって、腕を組み、ある女のなかに、頭を骨盤にはめ込まれて、ほとんど身動きもならず、じっとしている。だが、仄暗い胎内に幽閉されている身でありながら、母親やその愛人の思惑はもちろん、最近の不安な世界情勢から、ソムリエ顔負けのワインの知識まで、あきれるほど外の世界のすべてに通じている。まさに「たとえ胡桃の殻に閉じこめられていても(……)無限の空間の王者」なのである。

なぜそんなことが可能なのか、とだれもが聞かずにはいないだろう。インターネットの網が世界中に張りめぐらされ、手のひらに乗る小さな箱でそこにつながれば、ほとんど制御不可能なほど大量の、虚実入り交じった情報がいくらでもあふれ出す現在では、母親が耳にイヤホンを差すだけで、そういうすべてが骨格を伝わって、〝わたし〟の耳にもくっきりと聞こえるのだ、とこの胎児は言うのである。

そんな胎児の耳には、当然ながら、母親とその愛人のベッドでの睦言も、いやでも耳に入ってくるが、まもなく、このふたりが恐ろしい陰謀を企んでいることがあきらかになる。この愛人というのがじつは父親の弟、クロード（クローディアス）で、彼が母親のトゥルーディ（ガートルード）と共謀して父親を毒殺し、その後釜に坐ろうとしているのだ。まさに『ハムレット』の構図そのものである。ただし、子宮のなかに閉じこめられているハムレットならぬ無名の胎児は、なす術もなくただ困惑し、憤激しながら見守るしかない。毒殺に成功したら、生まれた〝わたし〟はどこかに養子に出されてしまうらしいし、犯罪がばれて捕まれば、〝わたし〟は生まれながらに刑務所暮らしを強いられることになる。いずれにしても、幸せな人生は望めない。そんなことならむしろ生まれないほうがいいのではないか……。「生まれるべきか、生まれざるべきか、それが疑問である」と胎児の〝わたし〟はつぶやくのである。

胎児の父親、ジョン・ケアンクロスは、母親が〝わたし〟を懐妊してまもなく、自分が生まれ育った家から追い出されてしまう。貧乏詩人を画に描いたようなこの男は、みずから経営する弱小出版社から何人かの有望な詩人を世に送り出してはいるが、自身はいつになっても二流の詩人でしかなく、そういう境遇に甘んじているお人好しである。それに反して、弟のクロードはあざとい不動産開発業者で、詩的な世界とはかけ離れた現実主義者、まさに兄とは対照的な人物だ。この男は絶えず口笛を吹いているが、ちゃんとした曲のメロディではなく、テレビのコマーシャルソングや着メロの類で、口笛を吹いていないときは、ひっきりなしにしゃべっているが、話題は服と車のことくらいなのである。そして、母親のトゥルーディは、父親が彼女に捧げた詩によれば、「緑色の瞳」で、「リンゴの果肉みたいに真っ白な肩」に金貨のような金髪のカールが無造作に降りかかっている美人だという。極端なほどに戯画化されたこの三人に、父親の弟子か愛人か判然としないフクロウ詩人のエロディがくわわって、この胎児版『ハムレット』とでもいうべき禍々しい喜劇は進行していく。果たして完全犯罪は成功するのか?

シェイクスピアの『ハムレット』では、母親のガートルードがクローディアスの共犯者だったとする説もなくはないが、じつは、なにも知らず、クローディアスと不義の関係があったわけでもなく、ただ早すぎる再婚をしたせいで責められることになったとするのが一般的らしい。しかし、本書ではふたりの共謀は紛れもない事実で、トゥルーディが毒入りの飲み物を勧めることまでしているのだが、それにもかかわらず、実際に夫が死んだことがわかると、彼女はショックを受ける。かつては頭のなかの考えにすぎなかった犯罪が、いまや手でさわれるオブジェのようなものになり、そんなふうにしてしまったのは自分の失策だったかもしれないが、自分の罪だとは思えないし、自分が犯罪者になったとは感じられない。「殺人者としての彼女の地位はひとつの事実、彼女自身の外側の世界にある事柄である。しかし、それは古い考え方なのだ。彼女は自分を無実だと見なし、そう断言する。キッチンから痕跡を消し去ろうと奮闘しているときでさえ、彼女は自分には罪がないと感じており、したがって、罪がないのである——ほとんど」。そして、胎児の〝わたし〟はそんな母親を愛さずにいられないのである。

綿密なリサーチを積み重ねることで物語に並々ならぬリアリティを注入してきた著者にとって、こんなふうにうそぶいてみることも倒錯的な快感のひとつだったのかもしれない。この〝休暇〟のあと、マキューアンがどこに向かうのかがいまから楽しみである。

二〇一八年四月

村松　潔

Nutshell

Ian McEwan

憂鬱《ゆううつ》な10か月《げつ》

著者

イアン・マキューアン

訳者

村松　潔

発行

2018年5月30日

発行者　佐藤隆信

発行所　株式会社新潮社

〒162-8711 東京都新宿区矢来町71

電話 編集部 03-3266-5411

読者係 03-3266-5111

http://www.shinchosha.co.jp

印刷所

株式会社精興社

製本所

大口製本印刷株式会社

乱丁・落丁本は、ご面倒ですが小社読者係宛お送り下さい。

送料小社負担にてお取替えいたします。

価格はカバーに表示してあります。

ISBN978-4-10-590147-9 C0397

CREST BOOKS

Shinchosha

初夜

On Chesil Beach
Ian McEwan

イアン・マキューアン
村松潔訳

一九六二年英国。結婚式を終えたばかりの二人は、まだベッドを共にしたことがなかった——。遠い日の愛の手触りを、心理・会話・記憶・身体・風景の描写で浮き彫りにする、異色の恋愛小説。

CREST BOOKS